R. A. Montgomery

**1000 Gefahren im ewigen Eis**

1000 GEFAHREN
DU ENTSCHEIDEST SELBST!

**In der Reihe „1000 Gefahren"**
**sind erschienen:**

**RTB 52339**
Vince Lahey
Der Fluss der 1000 Gefahren

**RTB 52340**
Edward Packard
Die Insel der 1000 Gefahren

**RTB 52341**
R. A. Montgomery
Die Schatzsuche der 1000 Gefahren

**RTB 52342**
R. A. Montgomery
1000 Gefahren auf eisigen Gletschern

**RTB 52343**
Edward Packard
1000 Gefahren zur Geisterstunde

**RTB 52344**
R. A. Montgomery
Der Urwald der 1000 Gefahren

**RTB 52345**
Fabian Lenk
Das Meer der 1000 Gefahren

**RTB 52346**
Fabian Lenk
Die Pyramide der 1000 Gefahren

**RTB 52360**
Fabian Lenk
Die Burg der 1000 Gefahren

**RTB 52361**
Fabian Lenk
Das Fußballspiel der 1000 Gefahren

**RTB 52362**
Fabian Lenk
Der Tempel der 1000 Gefahren

**RTB 52364**
R. A. Montgomery
1000 Gefahren im ewigen Eis

**RTB 52365**
R. A. Montgomery
1000 Gefahren auf der Suche
nach Atlantis

**RTB 52366**
Edward Packard
1000 Gefahren im Weltall

**RTB 52367**
Edward Packard
1000 Gefahren unter Vampiren

**RTB 52369**
Edward Packard
1000 Gefahren im Auge des Hurrikans

R. A. Montgomery

1000 GEFAHREN
DU ENTSCHEIDEST SELBST!

# 1000 Gefahren im ewigen Eis

Aus dem Amerikanischen von
Karin Polz

Mit Illustrationen von Maria Satter

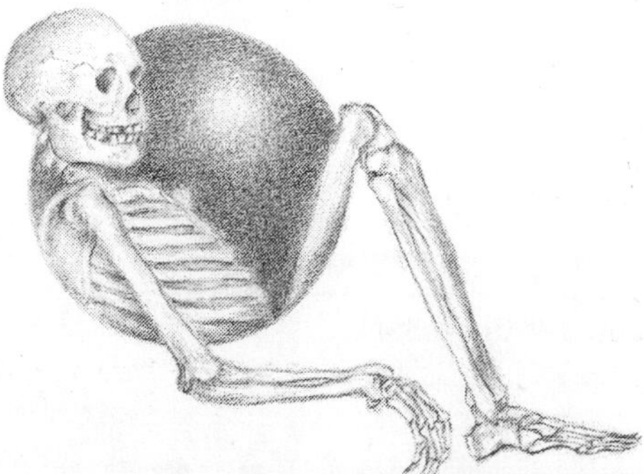

Ravensburger Buchverlag

Als Ravensburger Taschenbuch
Band 52364
erschienen 2008

Erstmals als Ravensburger Taschenbuch
Band 1912
erschienen 1999

Die Originalausgabe erschien 1988
bei Bantam Books,
a division of Bantam Doubleday Dell
Publishing Group Inc., New York
unter dem Titel „The Track of the Bear"
CHOOSE YOUR OWN ADVENTURE®
# 8: THE TRACK OF THE BEAR
by R. A. Montgomery


Umschlaggestaltung: Dirk Lieb
unter Verwendung einer Illustration
von Stefani Kampmann
Innenillustrationen: Maria Satter



**Printed in Germany**

**1 2 3 4 5 12 11 10 09 08**

**ISBN 978-3-473-52364-1**

**www.ravensburger.de**

Ein 1000-Gefahren-Buch ist kein gewöhnliches Buch, das du Seite für Seite lesen kannst. Stell dir vor: Gerade warst du noch auf Seite 7, da bist du schon auf Seite 54; gleich darauf musst du zurück auf Seite 21. So geht es immerzu kreuz und quer. Und noch etwas ist anders: Du erlebst selbst die Abenteuer. Sobald du ein 1000-Gefahren-Buch aufschlägst, bist du die Hauptfigur. Und du hast gefährliche Aufgaben zu lösen!

Wie kannst du diese Aufgaben lösen? Indem du immer die richtige Wahl triffst, an welcher Stelle im Buch es weitergehen soll. Am Ende einer jeden Seite findest du nämlich entweder einen Hinweis, wo du weiterlesen sollst, oder es werden dir zwei oder sogar drei Möglichkeiten zur Auswahl angeboten: „Wenn du beschließt, durch die Stromschnellen zu paddeln, lies weiter auf Seite 72. Wenn du ans Ufer paddelst, lies weiter auf Seite 71.“ Jetzt musst du kombinieren und überlegen. Was hast du vorher gelesen? Gab es da vielleicht schon Hinweise, die dir nun bei der Entscheidung helfen?

Manchmal kannst du aber auch einfach deinem Gefühl folgen. Doch Achtung: Mancher Weg, der ganz harmlos klingt, bringt dich in die gefährlichsten Situationen. Und eine falsche Entscheidung kann dich in die totale Irre führen. Dann bleibt nur noch eins: neu anfangen und einen anderen Weg suchen.
Und das ist etwas, was diese Bücher auch noch von gewöhnlichen unterscheidet: In einem 1000-Gefahren-Buch stecken viele Abenteuergeschichten!

Für Johnny

# Warnung!

Lies das Buch nicht in einem Stück von Anfang bis Ende durch! Auf diesen Seiten findest du viele verschiedene Abenteuer: Spuren, denen du durch die arktische Tundra folgst, gefährliche Kunsträuber, an die du dich anpirschen musst, und sogar ein Familiengeheimnis, das noch nie gelöst worden ist. Von Zeit zu Zeit musst du die Wahl treffen, dich entscheiden. Deine Entscheidungen können zur Katastrophe führen – oder zum Erfolg. Die Abenteuer hängen immer von deiner Wahl ab. Wenn du eine Entscheidung gefällt hast, folge den Anweisungen, und du wirst sehen, ob du richtig entschieden hast.
Aber sei vorsichtig! Lauert hinter der nächsten Ecke ein wütender Eisbär? Kennst du dich gut genug aus, um in der arktischen Wildnis zu überleben, wenn du dich verirrst? Bist du bereit, dich an eine internationale Bande von Kunstdieben heranzuwagen? Blättre um und stürz dich ins Abenteuer.

Viel Glück!

Du bist wütend, wütender als jemals zuvor im Leben. Gerade heute Morgen hast du in *The Morning* gelesen, dass in Hollywood ein Film über den berühmten Arktisforscher Evan Arthur Skagle gedreht wird, den Mann, der angeblich die im hohen Norden liegende Insel Skaglemere entdeckt hat. In dem Artikel steht, dass der Urenkel des Forschers, Evan Arthur Skagle IV., die Filmrechte für eine Million Dollar verkauft hat.

Was dich so wütend macht, ist die Tatsache, dass man in deiner Familie immer angenommen hat, dein Urgroßvater, Red Olsen, sei der Entdecker der Insel. Aber du kannst eure Ansprüche nicht beweisen. Red Olsen war ein erfahrener und erfolgreicher Forscher. Er und Skagle traten ihre Expeditionen etwa zur gleichen Zeit von verschiedenen Stellen des Nördlichen Eismeers aus an. Skagle kehrte als Sieger zurück; Red Olsen und der ihn begleitende Inuit verschwanden spurlos. Im Lauf der Jahre hat die Familie Skagle den Ruhm für die Entdeckung geerntet. Jetzt wird sogar noch ein Film über Skagle gedreht – und du bist stocksauer.

**Lies weiter auf Seite 12**

Immer noch wütend, schaust du dir deinen liebsten Besitz an – ein vergilbtes Foto von Red Olsen. Auf dem Bild hält er einen geschnitzten Eisbären in den Händen, dessen Beine eine seltsame Stellung einnehmen. Der Bär sieht so aus, als ob er flöge.

„Die Inuit mochten Red und schenkten ihm diesen Bären", hat dein Großvater dir einmal erzählt, „aber er verschwand, als Red verschwand."

Auf dem Bild kann man es zwar nicht erkennen, aber dein Urgroßvater hatte feuerrotes Haar, genauso wie du und einige deiner Vettern und Kousinen. Das hat dein Großvater dir oft erzählt. Du standest deinem Großvater sehr nahe, da er dich aufgezogen hat, nachdem deine Eltern bei einem Autounfall ums Leben gekommen waren, als du noch ein Baby warst. Aber im letzten Winter starb auch dein Großvater und deine nächsten Verwandten sind deine Vettern und Kousinen.

Du weißt, dass dein Großvater beim Verschwinden Red Olsens etwa so alt war, wie du jetzt bist. Als dein Großvater alt und gebrechlich wurde, erinnerte dein Anblick ihn an seine Jugend, und er dachte oft an seinen Vater.

Das Letzte, was er zu dir sagte, als er im Sterben lag, war: „Finde heraus, was mit ihm geschehen ist. Ich werde keine Ruhe im Grab finden, bis es dir gelungen ist."

**Lies weiter auf Seite** **24**

Du suchst dir einen Platz an dem langen Tisch im Bankettsaal so weit wie möglich von Evan Arthur Skagle IV. entfernt. Eine arktische Delikatesse wird dir als Vorspeise serviert – rohe Walhaut. Du schluckst sie schnell runter. Zum Glück ist der Hauptgang appetitlicher.

Während du isst, schaust du dich im Saal um. Viele prominente und reiche Leute sind zu dem Festessen geladen, weil man hofft, Geld für die Gesellschaft zusammenzubringen. Auch einige Inuit sind da, deren Vorfahren mit ihrer Ortskenntnis sehr hilfreich für die Forscher waren. Die Inuit sitzen an einem Ende des Tisches. Eine Ausstellung der Kunst und des Kunsthandwerks der Inuit ist im Nebenraum zu besichtigen.

Später wird ein Trinkspruch auf deinen Großvater ausgebracht, der eine Menge Geld für die Gesellschaft gesammelt hat. Doch als die Aufmerksamkeit sich Evan Arthur Skagle und dem demnächst anlaufenden Film zuwendet, beschließt du, draußen ein wenig frische Luft zu schnappen.

Du interessierst dich schon lange für das Volk der Inuit, darum schlenderst du zu der Ausstellung im Nebenraum. Mittelpunkt der Ausstellung ist ein wunderschöner, aus dem Zahn eines Narwals geschnitzter Eisbär in einem gläsernen Behälter. Die Vorderbeine des Tiers liegen eng an den Flanken, die Hinterbeine sind nach hinten ausgestreckt, sodass der Bär zu fliegen scheint.

Die Schnitzerei gleicht dem Eisbären, den Red Olsen auf dem von dir so geliebten vergilbten Foto in den Händen hält.

**Lies weiter auf Seite 22**

14

Du triffst in Montreal ein, einer bezaubernden Stadt mit alten Steinbauten und modernen Wolkenkratzern, und steigst im Ritz-Hotel ab. Später gehst du nach unten in den Bankettsaal, wo das Essen stattfindet. Eine Frau überprüft die Namen der Gäste und händigt Namensschildchen aus.
„Von wem stammst du ab?“, fragt sie.
„Von Red Olsen, dem …“
„Dem Burschen, der es nicht bis zur Insel Skaglemere geschafft hat“, unterbricht eine laute Stimme hinter dir. Es ist Evan Arthur Skagle IV., ein großer, stämmiger Typ mit muskulösen Armen und einem kleinen Schnurrbart.
„Dem bekannten Arktisforscher“, sagst du zu der Frau und beachtest Skagle nicht.
„Oh ja, hier ist dein Name.“ Sie gibt dir dein Schildchen.
„Wir sehen uns drinnen“, sagt Skagle mit einem boshaften Grinsen.
Nur wenn es sich nicht vermeiden lässt, denkst du.

**Lies weiter auf Seite** 13

16

Nitnuk ist vor dir in Domali angekommen, und er ist sehr froh, als er dich sieht. Er erzählt dir, wie er Evan Arthur Skagle IV. reingelegt hat. Da er damit rechnete, dass Skagle nichts unternehmen würde, bis sie in der Nähe von Domali waren (sodass Skagle sich seinen Rückweg nicht selbst suchen musste), machte Nitnuk einen Umweg und führte Skagle weit über das Eis. Schließlich ging Skagle das Benzin aus und er musste zu Fuß nach Domali marschieren. Als Skagle die Stadt erreichte, hatte Nitnuk das Tagebuch schon kopieren lassen und die Kopie der zuständigen Behörde gegeben. Dann versteckte er das Original des Tagebuchs und den Ashoona-Bären an einem sicheren Ort.

Die Nachricht von deiner Entdeckung hat sich bereits weit über Domali hinaus verbreitet und bald werden Fernseh- und Zeitungsreporter und ein bekannter Filmproduzent dich um ein Interview bitten.

Evan Arthur Skagle IV. hat geschworen, mit dir abzurechnen, aber das bereitet dir keine schlaflosen Nächte. Jetzt, da die Aufmerksamkeit der ganzen Welt auf dich und deine Entdeckung gerichtet ist, kann Skagle überhaupt nichts machen – zumindest nicht für eine lange, lange Zeit.

**ENDE**

18

Als du ins Ritz zurückkommst, sitzt Nitnuk in der Eingangshalle, mit einer dicken Beule am Kopf. Er ist sehr froh, dich wiederzusehen.

„Mach dir doch nicht so viel Gedanken wegen des gestohlenen Bären", sagt er. „Er ist wertvoll, doch nicht so wertvoll wie ein Ashoona-Bär. Ashoona-Bären sind unersetzlich."

Du erzählst ihm die Geschichte von Red Olsen und den Skagles und er hört aufmerksam zu.

„Das ist sehr interessant", sagt er. „Die Schnitzerei, die Red Olsen hatte, muss ein Ashoona-Bär gewesen sein, ein Geschenk von meinem Volk. In den alten Zeiten war es Brauch, durch das Schnitzen von Bären an besondere Ereignisse zu erinnern. Weise Männer – wir nennen sie Schamanen – schnitzten ihr Zeichen in einen Bären und brachten ihn an eine heilige Stätte. Ashoona war ein berühmter Schamane und die Bären wurden nach ihm benannt. Es ist durchaus möglich, dass dein Urgroßvater einen solchen Bären mit einer Botschaft irgendwo zurückgelassen hat und dass es das ist, was Skagle sucht. Ich vermute, sein Vorfahr wusste von diesem Brauch und gab sein Wissen weiter. Mein Urgroßvater könnte dir helfen, die Sache mit Red Olsen aufzuklären, wenn du mit mir zurück nach Invit kommst."

Auf eine solche Chance hast du gewartet. „Wann machen wir uns auf den Weg?", fragst du.

**Lies weiter auf Seite 37**

Der Mann stürmt durch eine Drehtür aus Glas, und als die Tür sich in Bewegung setzt, siehst du ihn endlich richtig. Es ist Skagle, wie du vermutet hast. Offensichtlich nimmt er an, dass er dich abgeschüttelt hat, denn er geht in normalem Tempo weiter. Du möchtest gern wissen, was er vorhat, und verfolgst ihn. Er geht einige Häuserreihen entlang bis zu einem Straßencafé, wo er sich niederlässt und Atem schöpft. Du versteckst dich hinter einer Hecke und beobachtest ihn.
Skagle greift in seine Jackentasche – und holt den geschnitzten fliegenden Bären hervor! Er betrachtet das gestohlene Kunstwerk, dreht es immer wieder in seinen Händen hin und her.
Nach einer Weile steht Skagle auf und geht bergab zum Platz Ville Marie. Du folgst ihm und verringerst vorsichtig den Abstand. Es gibt viele Souterrainläden und Tunnel an dem belebten Platz, und es könnte leicht passieren, dass du ihn in der Menge aus den Augen verlierst.

**Lies weiter auf Seite 27**

**20**

Du schwebst zwischen Wachsein und Bewusstlosigkeit. Einmal hörst du das Brummen eines Flugzeugmotors, ein anderes Mal das Tuckern eines Bootes und schließlich wachst du ganz auf, mit den schlimmsten Kopfschmerzen, die du je gehabt hast. Es tut sogar weh, die Augen aufzumachen, und du öffnest sie nur ganz langsam. Als sie endlich auf sind, erkennst du ein großes Zimmer mit Wänden aus Holzbalken, die mit wunderschönen Gegenständen vollgehängt sind: seltenen, exotischen Webereien, Masken der Naturvölker, erlesenen Bildern. Du hörst das Geräusch von Wellen, die gegen das Ufer schlagen. Als du aus dem Fenster schaust, siehst du, dass es ein weiter Weg bis zum Boden ist. Du siehst das Meer und viele Meilen entfernt grüne Berge, die aus dem Meer aufragen. Das Gebäude, in dem du bist, ist eine sehr große Blockhütte. Überrascht siehst du, dass auf dem Rasen ein Totempfahl steht.

Ein Asiate betritt leise das Zimmer. „Du bist wach", sagt er. „Gut. Ich heiße Ping."

Er spricht mit sanfter Stimme, aber hinter der Sanftheit spürst du Stahl. Ping trägt eine weiße Jacke und schwarze Hosen. Auf einem silbernen Tablett bringt er ein Glas Wasser und ein paar Tabletten.

**Lies weiter auf Seite 28**

„Gefällt dir die Schnitzerei?", fragt eine Stimme neben dir. Du zuckst zusammen; du hast niemanden kommen hören. Neben dir steht ein Inuitjunge, etwa in deinem Alter, mit glänzenden Augen und schwarzem Haar.

„In unserem Land sind wir es gewohnt, uns leise zu bewegen", sagt er, als wolle er sich entschuldigen. „Ich heiße Nitnuk und ich komme von Invit, einem Dorf in der Arktis, wo wir versuchen die alten Sitten und Gebräuche zu bewahren."

Du nickst. „Die Schnitzerei ist wunderschön", erwiderst du. „Ich habe eine ähnliche einmal auf einem Foto gesehen. Auf dem Bild hält mein Urgroßvater den Bären in den Händen."

„Entschuldige, wenn ich unhöflich bin", sagt Nitnuk lächelnd, „aber du hast, was wir das Zeichen der Mitternachtssonne nennen. Es wird gesagt, dass dieses Zeichen Menschen tragen, die im Sommer zu lange aufbleiben – in der Jahreszeit, in der die Sonne nie hinter dem Horizont verschwindet."

Dir ist klar, dass er dein rotes Haar meint, und auch du lächelst. Schon jetzt magst du den freundlichen Jungen.

„In eurem Dorf gibt es Rothaarige?", fragst du ungläubig und schaust auf sein kohlschwarzes Haar.

**Lies weiter auf Seite 23**

„Jetzt nur noch einen, doch es hat andere vor ihm gegeben", sagt er. „Ich glaube aber nicht, dass sie zu lange in der Sonne waren. Ich glaube die andere Geschichte – dass vor langer Zeit ein Forscher mit rotem Haar eine Weile in unserem Dorf gelebt hat und ein paar Kinder zurückließ und dass bis heute einige seiner Nachkommen rotes Haar haben."

„Vielleicht war es *mein* Vorfahr, Red Olsen", sagst du.

„Red Olsen ist ein Vorfahr von dir? Er hat in meinem Dorf gelebt, als mein Urgroßvater ein Junge war. Ich habe Urgroßvater und die anderen Ältesten mit großer Achtung von Red Olsen sprechen hören."

Plötzlich gehen die Lichter aus und der Ausstellungsraum ist in Dunkel gehüllt.

„Was zum …?"

Neben dir kämpft Nitnuk mit etwas oder jemandem. „Aiie!", schreit er.

Ein kräftiger Arm stößt dich und du stürzt auf den Boden. Du hörst das Geräusch von brechendem Glas, dann hastige Schritte, die aus dem Raum und über den Flur rennen.

**Wenn du den Angreifer verfolgen willst,
lies weiter auf Seite 30**

**Wenn du bleiben
und dich um Nitnuk kümmern willst,
lies weiter auf Seite 39**

Es ist Sommer und deine Kousinen und Vettern machen eine lange Ferienreise nach Europa. Sie haben auch dich eingeladen, aber du hast andere Pläne. Du willst an dem einmal im Jahr stattfindenden Festessen der Gesellschaft der Arktisforscher in Montreal, Kanada, teilnehmen. Du wirst jedes Jahr eingeladen, und bisher bist du noch nie hingegangen, weil den „erfolgreichen" Forschern wie Evan Arthur Skagle so viel Aufmerksamkeit gewidmet wird. In diesem Jahr jedoch bist du entschlossen hinzugehen. Vielleicht lernst du dort jemanden kennen, der dir helfen kann, den letzten Wunsch deines Großvaters zu erfüllen.

**Lies weiter auf Seite** **14**

Ping klopft an eine Tür und fordert dich durch einen Wink auf, das Zimmer zu betreten. Der Mann an dem riesigen Schreibtisch vor einem Fenster lächelt, als du ins Zimmer kommst.

„Ich bin Sidney Granger“, sagt er und streckt dir die Hand entgegen.

Einen Augenblick bist du wie geblendet von den Diamantringen an seinen Fingern und der diamantenbesetzten Armbanduhr. Dann siehst du, dass mitten auf dem Schreibtisch, gut sichtbar, die gestohlene Inuitschnitzerei liegt.

„Der Eisbär!“, sagst du und schnappst nach Luft.

„Diese kleine Schnitzerei ist ein seltenes und schönes Beispiel der klassischen Periode in der Inuitkunst“, erklärt Granger dir. „Wunderschön, nicht wahr? Ich habe mir schon lange gewünscht, sie meiner Sammlung hinzuzufügen.“

„*Ihrer* Sammlung? Diese Schnitzerei gehört der Gesellschaft der Arktisforscher. Sie haben sie gestohlen!“

„Geld kann nicht alles kaufen.“ Granger zuckt mit den Schultern. „Außerdem habe nicht *ich* den Bären gestohlen. Das hat Skagle getan und ... nun, sagen wir, das kleine Kunstwerk hat schließlich den Weg zu mir gefunden. Meine Sammlung war unvollständig, bis dieser Bär in meinen Besitz gelangte. Ich habe eine sehr schöne und umfassende Kunstsammlung; leider kann ich sie nur sehr wenigen Leuten zeigen. Du hast Glück, dass du so viel gesehen hast.“

So viel Glück nun auch wieder nicht, denkst du und schaust nervös zur Tür, wo Ping noch immer steht und unergründlich lächelt.

**Lies weiter auf Seite 29**

NorthernLights

Skagle geht in einen Laden, der Northern Lights heißt und sich, wie auf einem Schild im Schaufenster zu lesen ist, auf Kunst und Kunsthandwerk der Inuit spezialisiert hat. Unter dem Schild siehst du Speckstein-Schnitzereien und mit Glasperlen verzierte Mokassins.

Skagle spricht mit dem Verkäufer, einem kleinen Mann mit einem Rattengesicht, dann wird Geld über den Ladentisch geschoben und der geschnitzte Eisbär wechselt den Besitzer. Die beiden Männer schütteln sich die Hände, und als Skagle auf die Tür zugeht, saust du in eine Buchhandlung nebenan und duckst dich hinter ein Regal. Warum hat Skagle gerade diese Schnitzerei gestohlen?, fragst du dich. Wegen des Geldes? Oder sollte mit dem Bären ein Hinweis auf das Schicksal von Red Olsen verbunden sein, den Skagle dir vorenthalten will?

**Wenn du beschließt, Skagle zu verfolgen,
um zu sehen, was du erfahren kannst,
lies weiter auf Seite** **40**

**Wenn du dich vergewisserst,
dass Skagle weg ist, dann geh in den Laden,
befrage den Verkäufer, versuche einen Blick
auf den Bären zu werfen
und lies weiter auf Seite** **32**

28

„Möchtest du ein Schmerzmittel haben?", fragt Ping.
„Ich nehme keine Tabletten von Fremden", erwiderst du. „Wo bin ich überhaupt?"
„Auf einer Insel vor der Küste von British Columbia. Es ist unmöglich, von hier zu fliehen, es sei denn, du bist ein Marathonschwimmer."
Das bist du nicht.
„Mr Granger würde jetzt gern mit dir sprechen."
„Wer ist Mr Granger?", fragst du.
„Das wirst du schon sehen", sagt Ping. „Komm jetzt."

**Lies weiter auf Seite 33**

„Da du so viel gesehen hast“, fährt Granger fort, „kann ich dich nicht einfach von hier weggehen lassen. Du scheinst jedoch intelligent und energisch zu sein. Wir könnten in meiner Organisation vielleicht einen Platz für dich finden, was hältst du davon? Nimmst du mein großzügiges Angebot an?“

Du hast keineswegs den Wunsch, für diesen Mann zu arbeiten, aber wenn du den Job annimmst, hättest du vielleicht Gelegenheit, dir den Bären genauer anzusehen, und vielleicht könntest du auch fliehen.

**Wenn du ablehnst,**
**lies weiter auf Seite** **34**

**Wenn du annimmst,**
**lies weiter auf Seite** **41**

**30**

Während du dich aus dem dunklen Ausstellungsraum heraustastest, siehst du die Silhouette eines stämmigen Mannes vor einer hellen Türöffnung am anderen Ende des Saales.

Du bist ihm schon dicht auf den Fersen, da rennt er durch die Tür, knallt sie dir vor den Kopf und du gehst wieder zu Boden. Von der anderen Seite der Tür hörst du Klirren und Geschrei. Du bist benommen, stehst aber auf, läufst durch die Tür und befindest dich in der Hotelküche. Der Mann verschwindet gerade durch eine Tür am anderen Ende der Küche. Unglücklicherweise hat er ein Durcheinander von Töpfen, Pfannen, zerbrochenem Geschirr und wütenden Köchen hinter sich gelassen.

„Entschuldigung“, murmelst du und suchst dir einen Weg durch das Chaos.

Du folgst dem Mann eine Treppe hinauf und in die Eingangshalle des Ritz, wo viele gut gekleidete Leute herumwandern. Der Mann bahnt sich vorsichtig einen Weg durch die Menge, denn wenn er liefe, würde das zu sehr auffallen.

Wer ist der Mann?, fragst du dich. Du vermutest, dass es Evan Arthur Skagle IV. sein könnte. Er hat den gleichen Körperbau. Aber du warst nicht nahe genug, um wirklich sicher zu sein.

**Lies weiter auf Seite 19**

32

Der Verkäufer sieht auf, als du den Laden betrittst. „Kann ich dir helfen?“, fragt er und trommelt mit seinen langen gelben Fingernägeln auf dem Ladentisch.

„Ich suche etwas“, sagst du. „Eine schöne und ungewöhnliche Eskimoschnitzerei, wie ich sie einmal gesehen habe. Sie stellte einen fliegenden Eisbären dar.“

Die Blicke des Verkäufers bewegen sich rasch hin und her. „Wie interessant“, sagt er. „Ich habe etwas Derartiges noch nie gesehen. Wenn du je einen solchen Bären findest, lass es mich wissen.“

„Sie lügen“, erwiderst du. „Sie haben einen solchen Bären gerade eben von Evan Arthur Skagle IV. bekommen. Ich habe gesehen, wie Sie ihn unter den Ladentisch schoben.“

„Hau ab“, sagt der Verkäufer.

Du schnappst dir seinen Arm und drückst ihn auf den Ladentisch. „Geben Sie mir den Bären.“

Hinter dir öffnet sich die Ladentür. Du willst dich umdrehen, aber es ist zu spät. Ein harter Gegenstand kracht auf deinen Kopf. Alles wird dunkel.

**Lies weiter auf Seite 20**

Ping führt dich zwei Treppen hinunter und durch einige Korridore. Du bist in dem größten und schönsten Haus, das du je gesehen hast. Die Wände hängen voller Bilder und es gibt Skulpturen, wie du sie nur in Museen gesehen hast. Du erkennst mehrere Impressionisten: einen van Gogh, einen Matisse, einen Degas.

„Woher hat Mr Granger so wunderschöne Kopien?“, fragst du.

„Es sind keine Kopien“, erwidert Ping. „Mr Granger sammelt nur Originale.“

Da du selbst ein Original bist, hoffst du, dass er nicht die Absicht hat, dich in seine Sammlung aufzunehmen.

**Lies weiter auf Seite** **25**

„Für einen Betrüger wie Sie würde ich niemals arbeiten", erwiderst du empört.
„Schade", sagt Sidney Granger. Dann nickt er Ping zu. „Sieh zu, dass wir dieses Ungeziefer loswerden."
Blitzschnell ist Ping bei dir. „Deine Hände, bitte", sagt er. Du weigerst dich, aber er ist schnell und geübt in einer alten Kampfkunst. Bevor du ihm ausweichen kannst, hat er deine Hände gepackt, sie hinter deinen Rücken gezerrt und zusammengebunden. Er stößt dich aus Grangers Büro und aus dem Haus. Dann wirst du einen Pfad entlang bis zum Ufer des Meeres gebracht, wo Ping dich an einen Baum fesselt und dann allein lässt. Die Sonne nähert sich dem Horizont, das Wasser schlägt plätschernd gegen das Ufer und in der Ferne erheben sich grüne Berge über dem Meer. Du mühst dich ab, die Hände freizubekommen, aber die Knoten sind sehr fest.

**Lies weiter auf Seite** 109

Granger sagt dir, dass ein Museum in Vancouver eine wertvolle Inuitskulptur erworben hat, und er möchte, dass du noch in der gleichen Nacht in das Museum einbrichst und die Skulptur stiehlst. Es ist deine erste Chance, die Insel zu verlassen!

Granger gibt dir einen Plan vom Grundriss der Stockwerke des Museums und erklärt dir, wie die Alarmanlage auszuschalten ist. „Der Wachmann macht seine Runden stündlich, pünktlich zur vollen Stunde. Du wirst gerade genug Zeit haben, zwischen zwei Runden rein- und rauszukommen."

In der Nacht bringt Ping dich in einem kleinen, schnellen Boot zum Festland. Wie üblich lächelt er vor sich hin und sagt wenig, während ihr durch die Dunkelheit über das offene Meer fahrt.

Endlich stellt er den Motor ab, lässt das Boot am Ufer entlangtreiben und setzt dich in der Nähe des Museums ab. Ihr vergleicht eure Uhren. Er wird dich in genau einer Stunde wieder abholen.

**Lies weiter auf Seite 56**

Mit dem Flugzeug sind es zweitausend Meilen von Montreal bis zu Nitnuks Dorf. Die Straßen enden an einem Ort, der Deaddog heißt. Die Linienflüge enden ebenfalls in Deaddog. Aber dort gibt es den Twin-Otter-Lufttaxi-Service, der euch vierhundert Meilen nach Norden bis zum Dorf Domali am Nördlichen Eismeer fliegt. Domali ist der nächste Ort bei Invit, wo ein Flugzeug landen kann. Nachdem ihr Deaddog verlassen habt, siehst du nur noch Tundra, Flüsse und gelegentlich einen See.

Es ist ein unruhiger Flug und du bist froh, als du wieder Boden unter den Füßen spürst. Aber du bist enttäuscht über das ärmliche Aussehen von Domali, mit den Gebäuden aus Wellblech und den überall verstreuten Auto- und Maschinenteilen.

Nitnuk spürt, wie bestürzt du bist. „Viele Orte in der Arktis sehen so aus", sagt er. „Es ist eine Frage der Notwendigkeit und der Bequemlichkeit. Im Winter leben wir hier, doch im Sommer kehren wir nach Invit zurück, wo wir versuchen, die alten Sitten und Gebräuche zu bewahren, und unabhängig von all den Maschinen sind."

**Lies weiter auf Seite 46**

Du rennst über den Rasen und hinaus auf die Straße. So spät in der Nacht ist wenig Verkehr, aber ein Auto kommt vorbei, in dem ein Ehepaar von einer Party nach Hause fährt. Du stellst dich mitten auf die Straße und hältst es an. Es stellt sich heraus, dass sie Förderer des Museums sind, und deine Geschichte schockiert sie. Sie bringen dich sofort zur Polizei. Als die Polizei die Insel erreicht, ist Sidney Granger schon in seinem Boot und versucht zu entkommen. Sie fassen ihn mühelos und bringen ihn ins Gefängnis.

**Lies weiter auf Seite** 49

„Alles okay?“, fragst du Nitnuk.
„Ich denke schon“, entgegnet er.
Nach wenigen Minuten geht das Licht wieder an und du siehst, dass Nitnuk auf der Stirn eine große Schürfwunde hat, aber sonst scheint er in Ordnung zu sein.
„Jemand hat den Eisbären gestohlen“, teilst du ihm mit.
„Mach dir deswegen keine Gedanken“, sagt er. „So wichtig ist es auch nicht. Der Dieb denkt vermutlich, er habe einen Ashoona-Bären erwischt, aber dieser Bär trug keine Zeichen. Er war nicht annähernd so wertvoll wie ein Ashoona-Bär. Der wäre unersetzlich. Ashoona-Bären werden von Schamanen benutzt, den weisen Männern meines Volkes. Ashoona war der Name eines sehr mächtigen Schamanen. Die Schamanen ritzen ihre Zeichen und Berichte von besonderen Ereignissen in die Bären und manchmal lassen sie sie an heiligen Stätten zurück. Einen Bären, der das Zeichen eines Schamanen trägt, hält man für besonders stark.“
Nitnuk macht eine Pause. Dann spricht er weiter. „Ich glaube, mein Urgroßvater könnte dir einiges über Red Olsen erzählen, das für dich sehr interessant wäre. Würdest du gern mit mir zurück nach Invit kommen?“
Es gibt nichts, was du lieber tätest. „Wann fliegen wir?“, entgegnest du.

**Lies weiter auf Seite** 37

Skagle schlendert über den Platz Ville Marie und du bist ihm auf den Fersen. Er bleibt stehen und kauft sich ein Croissant, dann geht er zu einer Telefonzelle. Du schlüpfst in die Zelle daneben und hoffst, dass er sich nicht umdreht und dich beim Lauschen ertappt. Du tust so, als suchst du in deinen Taschen nach Münzen.

Skagle führt ein Ferngespräch und sagt: „Auf dem Bären war nichts, Jim, überhaupt nichts, darum habe ich ihn einem Typ verkauft, der das Zeug sammelt. Vielleicht ist er sehr wertvoll, aber es ist nicht der Bär, den wir suchen. Der Urenkel von Red Olsen schnüffelt noch immer herum und macht mich nervös. Für uns stehen hier eine Million Dollar und unser Ruf auf dem Spiel. Das ist also ein Problem, das wir beseitigen müssen, und zwar schnell."

Du hast genug gehört. Du verdrückst dich leise aus der Telefonzelle und verschwindest aus der Nähe von Evan Arthur Skagle IV. Du musst wissen, was er auf der Schnitzerei zu finden hoffte. Vielleicht kann Nitnuk dir helfen.

**Lies weiter auf Seite** **18**

„Ich nehme Ihr Angebot an“, murmelst du und hoffst, dass Granger nicht ahnt, was du wirklich denkst.

Es ist nicht leicht, im Schwarzhandel mit Kunst ausgebildet zu werden, und einen Monat lang lernst du verbissen. Du bist ein begabter Schüler, aber du lernst eine Menge Dinge, die du nie wissen wolltest. Je mehr Sidney Granger dir über Kunst beibringt, umso mehr lernst du, den Wert seiner Sammlung zu schätzen, lernst, wie viel Kunst den Leuten bedeutet, die er bestohlen hat, und was für ein selbstsüchtiger Gauner er ist. Du kannst den Tag nicht erwarten, an dem es dir möglich sein wird, ihn zu entlarven und die Kunstwerke ihren rechtmäßigen Besitzern zurückzugeben.

Eines Tages willst du versuchen, mehr über den geschnitzten Eisbären herauszubekommen, und bittest Granger um Erlaubnis, ihn zu betrachten. Du drehst und wendest ihn und untersuchst ihn sorgfältig, aber du findest nichts Ungewöhnliches. Du weißt noch immer nicht, warum Skagle die Schnitzerei gestohlen hat, es sei denn, er wollte sie einfach an Granger verkaufen.

„Haben Sie viel mit Evan Arthur Skagle zu tun?“, fragst du.

„Ich habe mit jedem zu tun, der mir beschafft, was ich haben will.“ Dann fügt Granger ausweichend hinzu: „Da du so interessiert an Inuitkunst bist, werde ich dir deinen ersten Auftrag geben.“

**Lies weiter auf Seite 35**

Du folgst Sidney Grangers Instruktionen, schaltest die Alarmanlage aus und betrittst das Museum. Der Hauptsaal ist voller Totempfähle, die im Mondlicht lange Schatten werfen.

Du suchst dir von Schatten zu Schatten einen Weg und kommst in den Raum, in dem die von Granger gewünschte Inuitskulptur steht, ein aus dem Stoßzahn eines Narwals kunstvoll geschnitztes Hundegespann, das einen Mann auf einem Schlitten zieht. Du merkst, dass in den Schatten dieses Museums etwas Seltsames mit dir geschieht: Du beginnst dich wie ein Dieb zu fühlen. Es ist aufregend, hier zu sein, die Hand auf etwas Schönes, Wertvolles und Verbotenes zu legen …

**Lies weiter auf Seite** 93

Du schaffst es, den Schlitten als Schutz gegen den Wind auf die Seite zu kippen, und erinnerst dich daran, dass die Inuit in den kältesten Nächten mit den Hunden zusammen schlafen um sich warm zu halten. Du hast das Gefühl, dass dies eine Sechs-Hunde-Nacht wird.

„Io", rufst du. Aber du hörst nur das Pfeifen des Windes. „Io", rufst du noch einmal. Durch den heulenden Wind heult der Hund zurück und kommt dann, gefolgt von den anderen Hunden, zu dir. Nachdem du sie abgeschirrt hast, rollen sie sich neben dir hinter dem Schlitten zusammen. Der Wind pfeift, der Schnee fällt, aber du hast es gemütlich und warm zwischen den Hunden im Schutz des Schlittens.

In der weißen Einöde verlierst du jedes Zeitgefühl. Du weißt nicht einmal, ob du wach bist oder träumst. Endlich legt sich der Sturm. Du und die Hunde schütteln den Schnee ab und ihr macht euch auf den Weg nach Domali.

**Lies weiter auf Seite 116**

46

Ihr bleibt nur einen Tag in Domali – lange genug um Vorräte zu besorgen. Dann brecht ihr auf nach Invit. Das Land ist unermesslich weit und Himmel und Erde scheinen endlos. Zu dieser Jahreszeit, im Frühsommer, steht die Sonne immer tief über dem Horizont. Selbst um Mitternacht ist der südliche Himmel noch hell. In diesem Teil des Landes gibt es viele wild lebende Tiere – Moschusochsen mit zottigen Fellen, Wölfe, Füchse, Braunbären, Goldadler. Eines Nachts wachst du auf und hörst eine Karibuherde vorbeidonnern wie eine Armee auf dem Marsch.

„In diesem Teil Kanadas gibt es eine Menge wild lebender Tiere", sagt Nitnuk. „In früheren Zeiten waren wir eins mit den Tieren. Wir waren Jäger wie sie, aber wir lebten in Harmonie mit ihnen. Wir brauchten einander. Selbst heute töten wir nur, was wir brauchen, und wir tun es immer mit Achtung. Übrigens", fügt er lächelnd hinzu, „wir sind nur wenige Meilen entfernt von einem Lagerplatz, von dem aus einige meiner Leute jagen. Ich glaube, einer von ihnen würde dich gern kennenlernen."

**Lies weiter auf Seite** **82**

Du stürzt in eine Gasse, rennst zurück und sagst zu Nitnuk, dass du sofort nach Skaglemere aufbrechen möchtest.
Es dauert nicht lange, sich von den Bewohnern von Invit zu verabschieden und mit den Hunden loszuziehen. Bald fliegt ihr über Eis und Schnee, die im Mondschein schimmern.
Auch wenn Nitnuk weit vor dir ist, siehst du ihn deutlich auf dem Eis. Du hörst auch seine Stimme, wenn er seinem Hundegespann Befehle erteilt. Geräusche tragen weit in der Stille der Arktis. Als ihr schon einige Stunden unterwegs seid, hält Nitnuk und wendet den Kopf lauschend in Richtung Domali.
„Hörst du etwas?", fragt er.
Du spitzt die Ohren. In der Ferne vernimmst du ein schwaches Summen. Du hörst es zum ersten Mal, aber Nitnuk sagt, er habe es schon bald nach eurer Abfahrt in Domali gehört.
„Vielleicht ist jemand auf der Jagd?", schlägst du vor.
„Vielleicht", erwidert Nitnuk.

**Lies weiter auf Seite 90**

48

Kurz darauf seid ihr von dichten Wolken umgeben und fliegt sozusagen auf gut Glück. Als die Wolken sich eineinhalb Stunden später auflösen, ist das Flugzeug weit vom Kurs abgekommen.

„Zeit, zurückzufliegen", sagt Chuck. „Wir haben nicht mehr viel Treibstoff und wir können die Instrumente nicht benutzen."

Das Flugzeug brummt über die endlose Tundra. Du bist eingeschlafen, als plötzlich der Motor hustet und die Maschine heftig geschüttelt wird. Dann setzt der Motor ganz aus. Die Stille ist erschreckend. Chuck verliert die Kontrolle über das Flugzeug!

„Was ist?", rufst du.

„Der eine Tank ist leer", sagt Chuck und bringt die Maschine für einen Moment wieder unter Kontrolle. „Keine Sorge, ich habe noch einen zweiten."

**Lies weiter auf Seite 74**

Am Ende gehen die von Granger gestohlenen Kunstwerke an ihre zahlreichen Besitzer zurück.

Die Gesellschaft der Arktisforscher ist dir so dankbar für all die Kunstgegenstände, die zurückgegeben worden sind, dass sie dir den fliegenden Bären zum Geschenk macht. Du nimmst ihn gerne an und hoffst, dass er dir helfen wird, das Geheimnis um das Verschwinden von Red Olsen zu lüften. Aber die Lösung dieses Problems muss noch warten. Denn im Augenblick bist du ein Held; du trittst im Fernsehen auf und erscheinst auf den Titelseiten aller Illustrierten in Kanada.

**ENDE**

Du möchtest dich sofort auf den Weg zur Insel Skaglemere machen.

„Es wäre besser, noch einige Wochen zu warten, bis der Kanal wieder zufriert“, erklärt Nitnuk dir. „Dann können wir mit Hundeschlitten über das Eis fahren, wie Red Olsen es getan hat. Wenn du jetzt aufbrechen willst, musst du fliegen. Es ist nicht genug Eis da für einen Fußmarsch, aber genug, um eine Überquerung im Boot gefährlich zu machen. Ich schlage vor zu warten.“

Du würdest gern noch eine Weile in dem Dorf bleiben, aber du bist versessen darauf, mehr über Red Olsen herauszufinden und nach dem Steinhaufen zu suchen.

**Wenn du beschließt zu warten,**
**lies weiter auf Seite** **69**

**Wenn du dich dafür entscheidest,**
**ein Flugzeug zu chartern und jetzt abzureisen,**
**lies weiter auf Seite** **92**

In dem Steinhaufen ist das Tagebuch trocken geblieben und die Schrift ist verblasst, aber noch leserlich. Du beginnst zu lesen: Nachdem die Expedition das Schiff verlassen hatte, fingen die Schwierigkeiten an. Die Männer gerieten in einen Schneesturm, Lebensmittel wurden knapp, einige litten an Erfrierungen und Unterkühlung. Schließlich schickte Red Olsen alle mit Ausnahme von Outvik zurück zum Schiff. Er und Outvik kamen gut voran und erreichten bald die Insel. Die letzten Eintragungen sind optimistisch. Outvik hat für ihre Verpflegung einen Seehund getötet, das Wetter sieht gut aus und sie wollen sich auf den Rückmarsch in Richtung Süd-südwest begeben.

Die letzten Sätze im Tagebuch lauten: „Dies ist ein wahrheitsgetreuer Bericht unserer Reise. Ich lasse das Tagebuch hier zurück als Beweis, dass Outvik und ich diesen Punkt erreicht haben.“ Der Bericht ist von Red Olsen datiert und signiert.

Aber was geschah mit Red und Outvik?, fragst du dich. Sind ihre sterblichen Überreste irgendwo hier?

**Wenn du beschließt,
nach den sterblichen Überresten
von Red und Outvik zu suchen,
lies weiter auf Seite** 96

**Wenn du denkst,
du solltest den Beweis
so schnell wie möglich
nach Domali bringen,
lies weiter auf Seite** 106

Obwohl es spät ist, schwebt im Süden die Sonne noch über dem Horizont. Ihr geht zum Fluss, wo Iktat auf einem Felsblock sitzt und euch erwartet. Er spricht kein Englisch, darum übersetzt Nitnuk. Aber anfangs sagt Iktat der Alte überhaupt nichts. Er starrt aus zu Schlitzen verengten Augen in die Ferne.

Endlich fängt er an. „Ich erinnere mich an deinen Vorfahren Red Olsen, wenn ich auch noch ein Junge war, als er das Dorf besuchte. Er war ein Freund meines Großvaters und des ganzen Stammes. Ich kann dir helfen bei dem Versuch, etwas über sein Schicksal zu erfahren. Red Olsen ging zu der Insel, die man heute Skaglemere nennt, und er ging zusammen mit Outvik, einem Mitglied meiner Familie."

„Wirklich?", sagst du und schnappst nach Luft.

„Ja. Er hat als erster Weißer die Insel Skaglemere betreten. Das hat mir mein Großvater erzählt. Aber Red Olsen kehrte nicht zurück. Seine Gebeine liegen noch immer dort, zusammen mit etwas anderem, etwas, was mein Großvater ihm gab, damit es ihm auf seiner Reise helfe. Wenn du willst, kann ich die Insel für dich danach absuchen."

Du kannst deine Erregung kaum verbergen. „Darauf können Sie sich verlassen", sagst du. „Und ich komme mit Ihnen."

Der alte Mann antwortet nicht, aber Nitnuk lächelt dich an. „Warte nur ab", sagt er.

**Lies weiter auf Seite 68**

54

Nitnuk, sein Vater und seine Brüder gehen für eine Woche auf die Jagd, aber du bleibst in Invit und fühlst dich dort wie zu Hause. Die Leute sind liebenswürdig und freundlich.
Besonders gut gefallen dir die Hunde, Huskys mit dickem zottigem Fell, nach innen gerollten Schwänzen und dunkel umrandeten Augen.
„Es sind Arbeitshunde", erklärt Nitnuk dir, als er von der Jagd zurückkommt. „Du musst sie mit Achtung behandeln und darfst sie nie verhätscheln oder verwöhnen."
Am besten gefällt dir Io, der Leithund, der größer als alle anderen ist und sie unangefochten anführt.
„Er hat das Gespann im Transarktischen Hunderennen dreimal zum Sieg geführt", sagt Nitnuk. „Jetzt nimmt er nicht mehr an Wettbewerben teil, aber er läuft noch immer gern."

**Lies weiter auf Seite 120**

Wie versprochen, hat Chuck am nächsten Morgen weder eine Whisky- noch eine Bierfahne. Seine Hände am Steuer der Twin Otter 92 Tango sind ruhig, als ihr vom Boden abhebt. „Das zuverlässigste Flugzeug am Himmel", sagt er. Ihr verlasst Domali und fliegt nach Norden, hinweg über Meilen und Meilen von Eis, das nur manchmal von Flecken schwarzen Wassers unterbrochen wird.

Endlich erreicht ihr Skaglemere, kreist über der Insel und haltet Ausschau nach einer Klippe, die den Lippen eines Elchs gleicht.

„Iktat der Alte hat gesagt, dass der Steinhaufen zweihundertfünfzig Schritte vom Grat der Klippe entfernt sei", sagst du. Aber Chuk ist an Iktat dem Alten nicht interessiert. Er sieht weder Elchklippen noch Steinhaufen unter sich. „Für mich sehen alle Fjorde gleich aus", meint er und besteht schließlich darauf zurückzukehren. Als das Flugzeug Kurs nach Süden nimmt, bist du tief enttäuscht, dass du jetzt nichts Weiteres über Red Olsen herausfinden wirst. Du willst Chuck gerade fragen, ob er dich nicht für eine Weile auf Skaglemere absetzen könne, damit du dich umsehen kannst, als du merkst, dass das Flugzeug sich merkwürdig bewegt.

„Etwas nicht in Ordnung, Chuck?", fragst du und versuchst, die Anzeigen auf den Instrumenten zu entziffern. Du weißt nicht viel darüber, aber du bist überzeugt, dass sie ausgefallen sind.

„Keine Ahnung", erwidert Chuck und versetzt dem Instrumentenbrett einen heftigen Schlag.

**Lies weiter auf Seite** 48

Im Licht des Mondes gehst du über den Rasen vor dem Museum. Du möchtest den Wachmann finden und ihm sagen, was abläuft. Aber du zögerst, laut zu rufen. Es ist möglich, dass mit diesem ersten Auftrag deine Loyalität auf die Probe gestellt werden soll – dass auch Ping an Land gegangen ist und dich von irgendwoher beobachtet. Du gehst um das Gebäude herum. Der Wachmann ist nirgends zu sehen, aber vielleicht findest du ihn drinnen.
Andererseits beobachtet dich im Augenblick vielleicht niemand – kein Wachmann, kein Ping. Es könnte deine Chance zu fliehen sein …

**Wenn du das Gebäude betrittst,
lies weiter auf Seite** **43**

**Wenn du beschließt wegzurennen,
lies weiter auf Seite** **38**

Rikva hat das Hinterland noch nie verlassen. Für sie ist sogar Deaddog, wo ihr umsteigt, eine große Stadt. Als ihr landet und den Bus zu deinem Zuhause nehmt, ist sie erstaunt über die Größe der Häuser und die vielen Straßen.

Das Haus, das seit dem Tod deines Großvaters so verlassen war, ist jetzt erfüllt von Rikvas Singen und Lachen. Sie beschließt, in Toronto zu bleiben und Ärztin zu werden.

„Es ist eine Möglichkeit, meinem Volk zu helfen", erklärt sie.

**Lies weiter auf Seite 85**

„Ja, ich würde Kobal gern kennenlernen", sagst du zu Ooti. „Vielleicht kann er mir weiterhelfen."

Kobal hat langes schwarzes Haar, einen Fu-Mandschu-Schnurrbart und eine kräftige, gedrungene Figur. Er ist nicht nur Fremdenführer, sondern auch Jäger.

„Ich kann dich nach Skaglemere bringen, kein Problem", sagt er. „Ich lebe von der Jagd auf Seehunde und ich kenne das Eis wie meinen Bruder. Es gibt viele verschiedene Arten von Eis: neues Eis, das schwarz, dünn und flexibel ist, altes Eis, das über vierzig Zentimeter dick ist und nie schmilzt, und viele Zwischenformen."

Den Rest des Tages verbringst du damit, dich für deine Reise auszurüsten.

Früh am nächsten Morgen gehst du mit Kobal an der Küste entlang zu einer Stelle am Kanal, wo das Eis fest ist. Mit Kobal als Führer beginnst du die Überquerung. Zuerst erschreckt dich das Knirschen und Ächzen des Eises, aber Kobal horcht aufmerksam. Jedes Krachen sagt ihm etwas über den Zustand des Eises.

„In diesem Teil des Kanals schmilzt das Eis nie", sagt er. „Aber wenn wir näher an Skaglemere herankommen, gibt es starke Strömungen, die das Eis aufreißen. Dort müssen wir vorsichtiger sein."

**Lies weiter auf Seite 66**

Einige Tage später kommt ihr in Nitnuks Dorf an und du lernst seine ganze Familie kennen, seine Geschwister, seine Eltern, seine Großeltern und seinen Urgroßvater, Iktat den Alten. Iktat ist der älteste und am höchsten geachtete Dorfbewohner, ein winziger Mann mit einem braunen Gesicht und weisen alten Augen. Selbst im Sommer trägt er einen Anorak aus Seehundsfell und sein Gesicht ist in Pelz gehüllt.

„Mein Urgroßvater ist ein Schamane", sagt Nitnuk. „In den alten Zeiten, als wir noch eng mit den Tieren zusammenlebten, glaubte man, dass Schamanen Menschen in Tiere und diese wieder zurück in Menschen verwandeln könnten. Die Ashoona-Bären haben vielen Generationen von Schamanen Stärke verliehen und darum ist der Ashoona so wichtig für uns. Wir bewundern die Eisbären mehr als alle anderen Tiere, weil sie die besten Jäger in der Arktis sind. Sie sind sehr stark und sehr intelligent. Unsere Vorfahren glaubten, dass die Eisbären über große Kräfte verfügen, dass sie sogar fliegen und auf dem Boden des Meeres laufen können."

„Glaubst du, dass die Schamanen noch immer besondere Kräfte haben?", fragst du.

„Du wirst schon sehen."

**Lies weiter auf Seite** **54**

Je näher ihr Skaglemere kommt, umso stärker werden die Strömungen und umso dünner wird das Eis. Ihr bewegt euch vorsichtig voran.

Endlich ist festes Land in Sicht.

„Da ist es!", rufst du. „Das ist Skaglemere, die Insel, die mein Urgroßvater entdeckt hat."

Doch zwischen euch und der Insel ist offenes Wasser und du gibst die Hoffnung auf, das Land zu erreichen. Du bist besonders enttäuscht, weil Kobal so zuversichtlich glaubt, er könne dich zu dem Steinhaufen führen. Ist es möglich, dass du so weit gekommen, so nahe dran bist, die wahre Geschichte von Red Olsen zu erfahren, nur um jetzt von diesem kalten schwarzen Wasser davon abgehalten zu werden?

„Gib nicht auf", sagt Kobal. „Wir campen hier für eine Nacht. Vielleicht friert das Wasser zu."

Als du dich später in der Nacht hin und her wirfst und versuchst zu schlafen, braut sich ein Sturm zusammen. Der Wind peitscht die Strömung voran und das Eis bricht auch hinter euch. Am Morgen entdeckt ihr, dass ihr jetzt auf einer Insel aus Eis im offenen Meer treibt.

Kobal bleibt ruhig. „Wir warten einfach, bis das Wasser sich beruhigt und dann wieder zufriert", meint er.

**Lies weiter auf Seite 75**

Zwei Wochen lang jagst und fischst du mit Rikva und ihren Leuten und ihre Art zu leben gefällt dir sehr gut. Eines Tages schlägt Rikva vor, mit ihr in einem Kanu flussabwärts zu fahren, um Forellen zu fischen. Sie hat dir einiges übers Kanufahren beigebracht, aber bis jetzt bist du keineswegs ein Experte. Doch du denkst, dass du eine kleine Fahrt flussabwärts riskieren kannst, und erklärst dich einverstanden.

Auf dem Weg flussabwärts paddelt ihr durch einige ziemlich wilde Stromschnellen und schlagt am Ufer des Flusses euer Lager auf. Die Forellen, die ihr fangt, sind riesig; ihr bratet sie überm offenen Feuer und sie schmecken köstlich.

Aber in der zweiten Nacht wacht Rikva mit heftigen Schmerzen in der Seite und hohem Fieber auf. Du kennst dich ein wenig in erster Hilfe aus und befürchtest, dass sie eine Blinddarmentzündung hat. Es wird schwierig sein, sie ärztlich versorgen zu lassen; sie ist zu krank, um zu gehen, und du kannst nicht allein durch die Stromschnellen flussaufwärts paddeln.

Es gibt nur zwei Möglichkeiten für dich: flussaufwärts zu laufen, so schnell du kannst, oder mit Rikva flussabwärts zu paddeln.

**Wenn du beschließt, Rikva zurückzulassen und so schnell wie möglich im Lager Hilfe zu holen, lies weiter auf Seite 94**

**Wenn du versuchen willst, Rikva im Kanu den Fluss hinunterzufahren, lies weiter auf Seite 67**

Als du die Hauptstraße von Domali hinuntergehst, kommt Chuck Bates aus dem Red Horse Saloon.
„Du hättest dich von mir fliegen lassen sollen“, ruft er dir zu. „Jetzt wirst du nie mehr zu deiner Insel kommen.“ Betrunken weist er mit der Hand zum Himmel hinauf. Sturmwolken ballen sich rasch zusammen. „Wir sollten lieber reingehen“, sagt er und betritt wieder das Red Horse.
In diesem Augenblick siehst du Ooti die Straße entlanggehen und du laufst hinter ihr her. Ooti freut sich, dich zu sehen, und nimmt dich mit zu ihrer Familie.
Spät am Nachmittag ist der Sturm da und es ist ein schlimmer Sturm.
„Es werden Tage vergehen, bis in Domali wieder Flugzeuge landen können“, erklärt Ooti dir. „Du musst bei uns bleiben. Meine Familie freut sich über deinen Besuch.“

**Lies weiter auf Seite** 86

64

Du paddelst wie wahnsinnig. Wie durch ein Wunder verfehlst du den Fels um Haaresbreite, doch gleich darauf geratet ihr in einen Strudel. Die Strömung wirbelt das Kanu in schwindelerregender Geschwindigkeit herum. Gerade als du denkst, du wirst nie wieder geradeaus schauen können, hebt die Strömung das Kanu noch einmal an und lässt es wieder los. Das Schlimmste ist vorbei. Die Stromschnellen lassen nach und ihr treibt wieder in ruhigem Wasser. Rikvas Augen strahlen, als sie deine Hand drückt.
„Gut gemacht", sagt sie.
Du hast gerade Stromschnellen der Klasse sechs durchquert, Stromschnellen, die sogar von den meisten Experten für unbefahrbar gehalten werden.

**Lies weiter auf Seite 73**

Ihr wandert mehrere Tage lang über das feste Eis, und du findest es aufregend, dass du in Red Olsens Fußstapfen trittst. Das Eis bildet eine weite weiße Welt, in der nur du und Kobal existieren. Gelegentlich sieht Kobal einen Seehund und macht dich darauf aufmerksam.

In einer hellen Nacht schlaft ihr auf dem Eis, als du von einem Geräusch geweckt wirst. Zuerst denkst du, dass es der Wind ist. Aber dann hört es sich an wie ein weinendes Mädchen. Könnte ein Mädchen hier draußen auf dem Eis in Schwierigkeiten geraten sein?

**Wenn du dem Geräusch nachgehst,**
**lies weiter auf Seite** **100**

**Wenn du Kobal weckst,**
**lies weiter auf Seite** **102**

Vorsichtig legst du Rikva in das Kanu und paddelst dann flussabwärts in Richtung Domali, wo es ein Krankenhaus gibt. Rikvas Gesicht hat eine kränkliche graue Farbe angenommen und sie stöhnt vor Schmerzen. Ihr Puls geht schwach und schnell.

In der Ferne hörst du das Tosen von Stromschnellen. Das Geräusch kommt immer näher. Dies ist fremdes Gebiet für dich. Du weißt nichts über den Lauf des Flusses, aber du siehst die Unruhe in Rikvas Augen, als das Geräusch der Stromschnellen Donnerstärke annimmt.

„Die Black-Igloo-Stromschnellen", ruft sie. „Sei vorsichtig!"

**Wenn du beschließt, durch die Stromschnellen zu paddeln, lies weiter auf Seite 72**

**Wenn du ans Ufer paddelst, lies weiter auf Seite 71**

Iktat der Alte zieht etwas aus seinem Anorak – einen Ashoona-Bären, in den er sein Zeichen eingeritzt hat und der nach vielen Jahren der Benutzung glatt poliert ist.
„Fliege wie ein Vogel, oh Geist. Sei stark und schlau wie ein Eisbär", singt er mit monotoner Stimme und fällt, den geschnitzten Bären in den Händen, in tiefe Trance.
Nitnuk erklärt, was der Schamane tut.
„Sein Körper bleibt hier, doch sein Geist verlässt uns und sucht auf der Insel Skaglemere nach einem Zeichen von Red Olsen."
Du sitzt da und wartest voller Staunen über die Kräfte des alten Mannes.
„Ah", sagt Iktat, öffnet plötzlich die Augen und blinzelt, als sei er erstaunt, wieder bei euch zu sein. „Red Olsen hinterließ einen Steinhaufen auf der Klippe über dem Elchlippen-Fjord. Er liegt zweihundertfünfzig Schritte nördlich der Lippen. Du wirst das, was du suchst, dort finden."
„Danke", sagst du. „Vielen, vielen Dank."
Iktat winkt ab, als wolle er sagen, es sei nicht der Rede wert. „Red Olsen war meiner Familie ein guter Freund."

**Lies weiter auf Seite** 50

Du verbringst die nächsten Wochen in Invit, machst dich mit den Gewohnheiten der Inuit vertraut und hörst zu, wenn Iktat der Alte von Red Olsen erzählt.

Als dein Urgroßvater mit seinem Schiff in die Bucht kam, wo heute Domali liegt, so berichtet Iktat, hatten die Inuit noch nie einen Weißen oder ein großes Schiff gesehen und sie paddelten in ihren Umiaks staunend hinaus zu dem Schiff. Red Olsen hatte ein paar Musikanten an Bord, die das Leben für die Besatzung etwas abwechslungsreicher machen sollten. Als er sah, dass die Inuit kamen, forderte er die Musikanten auf zu spielen und die Besatzung, dazu zu tanzen. Das war der erste Eindruck der Inuit von den Weißen: Männer in Uniform, die an Bord eines Schiffes tanzten. Am nächsten Morgen brachten die Inuit eine Trommel mit und tanzten für Red Olsen und seine Mannschaft auf dem Strand. Es war der Anfang einer ungewöhnlichen Freundschaft.

Als Red das Schiff verließ, um das Land nördlich von Domali zu erkunden, benutzte er ein Hundegespann. Outvik begleitete ihn. Evan Arthur Skagle machte sich etwa zur gleichen Zeit von einem Punkt weiter östlich auf den Weg.

All diese Geschichten haben dich nur bestärkt in dem Wunsch, den Spuren deines Urgroßvaters zu folgen. Du kannst es kaum erwarten, die Reise zur Insel zu beginnen.

**Lies weiter auf Seite 77**

Als du das Ufer erreichst, hast du Mühe, Rikva aus dem Kanu und das Kanu aus dem Wasser zu schaffen. Du trägst das Kanu mehrere Hundert Fuß flussabwärts und gehst dann zurück und holst Rikva. Immer wieder musst du dieses Manöver wiederholen. Das Unterholz ist dicht und du kommst nur mühsam voran. Neben dir rauschen und schäumen die Stromschnellen, aber du weißt nicht, wie weit sie sich noch hinziehen. Vielleicht sind es nur einige hundert Fuß, vielleicht sind es noch Meilen. Wenn es Meilen sind, seid ihr verloren, denkst du.
Trotz ihrer großen Schmerzen gelingt es Rikva zu sprechen. „In meinem Volk ist es Brauch, die Alten und die Kranken zu verlassen, damit sie dem Großen Schnee allein gegenübertreten können. Das Leben in der Arktis ist hart; man kann nicht zulassen, dass die Gesunden sich für die Kranken opfern.“ Sie winkt mit der Hand und bedeutet dir, dass du ohne sie den Weg nach Domali fortsetzen sollst.

**Lies weiter auf Seite** **121**

72

Du holst tief Luft, sprichst ein kurzes Gebet, fasst das Paddel fester und steuerst in die Stromschnellen hinein. Um euch herum braust und kocht das Wasser. Rikva ruft dir Anweisungen zu und du versuchst, ihnen zu folgen, aber dein Paddel kann gegen die Kraft des Wassers nichts ausrichten. Die Stromschnellen wirbeln das Kanu herum wie einen Zweig. Von vorn klatscht dir Wasser ins Gesicht. Als du die Augen wieder öffnest, siehst du, dass ihr auf einen großen Felsblock zutreibt.

„Der Black Igloo!“, schreit Rikva. „Pass auf!“

Der Fels ist wie ein sehr großer Iglu geformt, ihr bewegt euch direkt darauf zu! Ein Fels von dieser Größe kann euer Kanu zerschmettern.

„Nach rechts!“, schreit Rikva. „Nach rechts!“

**Lies weiter auf Seite 64**

Gemessen an den Stromschnellen ist der Rest der Fahrt leicht. Doch als ihr Domali erreicht, ist Rikva kaum noch bei Bewusstsein. Sie wird sofort ins Krankenhaus gebracht und kommt auf der Stelle auf den Operationstisch. Du wartest inzwischen nervös im Wartezimmer.
Endlich kommt die Ärztin aus dem Operationssaal und streift ihren grünen Mundschutz ab.
„Es war knapp“, sagt sie, „aber der Blinddarm war noch nicht geplatzt. Sie ist jetzt außer Gefahr. Aber sie sollte sich schonen, bis sie völlig wiederhergestellt ist.“
Du bist erleichtert und wartest neben Rikvas Bett, bis sie wieder zu sich kommt.
„Wie kann ich dir jemals danken?“, flüstert Rikva.
„Indem du schnell wieder gesund wirst“, erwiderst du. „Die Ärztin hat angeordnet, dass du nichts Anstrengendes tust, bis du dich ganz erholt hast. Außerdem musst du zu Kontrolluntersuchungen. Wenn du wieder auf den Beinen bist – hättest du Lust, mit mir nach Hause zu kommen, um dich zu erholen und deine anderen Verwandten kennenzulernen?“
„Furchtbar gern“, sagt Rikva.

**Lies weiter auf Seite 57**

Chuck hat wirklich noch einen zweiten Tank, aber der ist auch leer! Er hat vergessen, ihn füllen zu lassen. „Nur keine Panik", sagt er. „Ich kann diesen Vogel auf einem Zehncentstück landen."

Dir ist bei der ganzen Geschichte nicht wohl zumute. In den Sekunden vor der Bruchlandung stellst du dich auf den Aufprall ein.

Das Flugzeug rutscht nach unten, prallt auf eine Erhebung in der Tundra, schwenkt wild nach rechts und dreht sich schließlich auf den Kopf. Du fliegst durch die Windschutzscheibe und landest zehn Meter vor der Kanzel. Der schreckliche Aufprall hat Chuck getötet. In der Kanzel ist ein Funkgerät, aber als du versuchst, dorthin zu gelangen, merkst du, dass du dich nicht bewegen kannst. Du hast dir beide Beine gebrochen. Während du mit großen Schmerzen dort irgendwo in der Tundra liegst und hoffst, dass jemand nach dir und Chuck suchen wird, verlierst du das Bewusstsein. Als du wieder zu dir kommst, siehst du etwas Schwarzes über dir am Himmel kreisen.

„Hier bin ich!", schreist du voller Hoffnung und wedelst mit den Armen. Da wird dir klar, dass das Schwarze da oben kein Flugzeug ist – es ist ein Rabe. Erst ist es nur einer, dann kommt noch einer und noch einer, bis ein ganzer Schwarm von Vögeln über dir seine Kreise zieht. Die Vögel sind das Letzte, was du siehst, bevor du wieder das Bewusstsein verlierst, zum letzten Mal.

**ENDE**

Kobal weiß, wovon er spricht. Nach einiger Zeit bedeckt eine dünne Eisschicht das Wasser – doch nur hinter euch. Kobal prüft es und sagt, dass ihr jetzt nach Domali zurückkehren könnt, du dir aber Skaglemere aus dem Kopf schlagen musst. „Zu dieser Jahreszeit wird das Eis vielleicht gar nicht dicker", sagt er. Er zeigt dir, wie man über das dünne Eis gleitet. „Denke daran, immer in Bewegung zu bleiben", warnt er dich. „Verteile dein Gewicht gleichmäßig, und was du auch tust, bleibe nicht stehen."
Kobal beginnt, mit gleichmäßigen gleitenden Bewegungen über das Eis zu wandern und du folgst ihm nervös. Zuerst scheint es dir gut zu gelingen, dann läuft etwas schief – deine Füße rutschen unter dir weg und du fällst mit einem dumpfen Schlag. Das schreckliche Geräusch des brechenden Eises ist nicht annähernd so schlimm wie das eisige schwarze Wasser, in das du plötzlich eintauchst. Du schreist nach Kobal, aber er kann nicht nahe genug kommen, um auch nur zu versuchen dir zu helfen. Es gibt in der Arktis viele Möglichkeiten, den Tod zu finden, doch nur eine für dich, und diese ist es.

**ENDE**

Nitnuk plant, das Eis mit zwei Hundegespannen zu überqueren. Da er neue Hunde anlernen will, schlägt er vor, dass du mit Ios Gespann trainierst, weil es das erfahrenste ist. Du lernst die Hunde anzuschirren und wie man ihnen befiehlt, sich in Bewegung zu setzen, stehen zu bleiben, langsam oder schnell zu laufen.

„Hako, hako, hako“, rufst du ihnen zu, wenn es nach links gehen soll. „Ahchoo, ahchoo, ahchoo“, wenn du sie nach rechts lenken willst.

Die Hunde sind sehr kräftig, aber gehorsam. Ihre buschigen Schwänze wedeln vor dir, wenn das Gespann über den Schnee läuft. Io kann fast deine Gedanken lesen. Du brauchst nur an einen Befehl zu denken, und er reagiert, kaum dass du ihn ausgesprochen hast.

Nitnuk freut sich über deine Fortschritte. „Die Hunde reagieren sehr gut“, sagt er. „Sie folgen dem Leithund, und wenn der Leithund dich respektiert und mag, hast du's geschafft.“ Nitnuk lächelt. „Io mag dich.“

**Lies weiter auf Seite 87**

„Zeig mir das mal", sagt Skagle und weist mit seinem Revolver auf den Bären. Nitnuk reicht ihm die Schnitzerei und lächelt dabei merkwürdig.

Skagle dreht den Bären in den Händen hin und her und liest die eingeritzten Worte und das Datum. „Mein Vorfahr wusste, dass ihr Inuit etwas in dieser Art zurücklassen würdet, aber wir konnten es nie finden, bis ihr beide auftauchtet. Ich kenne eine Familie, die sich sehr freuen wird, diesen Bären in die Hände zu bekommen."

Nitnuk murmelt etwas. Es hört sich an wie: „Und ich kenne einen Bären, der sich sehr freuen würde, dich zwischen seine Tatzen zu bekommen", aber das ergibt für dich keinen Sinn. Du denkst, dass du allmählich die Situation nicht mehr übersiehst.

„Nun, Zeit für eure Gebete", sagt Skagle. „Warum legt ihr euch nicht einfach dort auf den Boden der Höhle? Ein paar Monate und auch ihr seid ein Haufen Knochen."

Skagle richtet den Revolver auf dich und Nitnuk. Du legst dich neben die Skelette. Das wär's, denkst du und fragst dich, ob du Schmerz empfinden oder den Schuss hören wirst.

Plötzlich ertönt in der Höhle ein ohrenbetäubendes Gebrüll.

**Lies weiter auf Seite** **98**

Du gehst zurück und siehst Skagle ins Gesicht. „Was tun Sie hier?“, fragst du wütend.
„Das Gleiche wie du“, sagt er und grinst. „Atmen!“ Er lacht laut und marschiert davon.
Du beschließt Nachforschungen anzustellen und findest heraus, dass Skagle sich überall in der Stadt nach dir erkundigt hat und danach, wie man nach Skaglemere kommt. Du erfährst auch, dass er ein Schneemobil in Luxusausführung gekauft hat. Es ist schwarz mit silbernen Zierleisten und er holt es jeden Tag heraus, gibt Gas und rast über die Tundra.
Du kannst ihn nicht davon abhalten, euch zu folgen, wenn ihr euch auf den Weg nach Skaglemere macht. Wohin ihr euch auch wendet – eure Spuren werden ihm den Weg zeigen. Nitnuk schlägt vor, dass du einfach wartest, bis er die Geduld verliert.
„Der Typ wird es im arktischen Winter nicht lange aushalten“, sagt Nitnuk.

**Lies weiter auf Seite 101**

80

Ihr fahrt an der Küste der Insel entlang, bis ihr einen weniger steilen Aufstieg findet, und klettert vorsichtig hinauf. Als ihr oben seid, geht ihr zurück zum Elchlippen-Fjord. Ihr stellt fest, dass ihr das summende Geräusch nicht mehr hört.

„Wer es auch gewesen sein mag, vielleicht ist er umgekehrt", sagt Nitnuk.

„Hoffentlich", erwiderst du.

Von oben ist es nicht so einfach, die Elchlippen wiederzufinden, die Nitnuk von unten erkannt hat. Schließlich fangt ihr an einer Stelle an.

**Lies weiter auf Seite 88**

Du überreichst Red Olsens Tagebuch der kanadischen Regierung. Dort ist man sehr überrascht über deine Entdeckung und ist wie du der Meinung, dass die Insel sofort von Skaglemere- in Olsen-Insel umbenannt werden sollte. Deinem Urgroßvater wird endlich die Ehre erwiesen, die er verdient. Und beim nächsten Festessen der Gesellschaft der Arktisforscher werden die Trinksprüche auf ihn ausgebracht – und auf dich.

**ENDE**

Als ihr zum Lager kommt, verstehst du sofort, warum Nitnuk dich hergebracht hat. In der Nähe des Lagerfeuers steht ein Mädchen mit leuchtend rotem Haar. „Sie heißt Rikva", sagt Nitnuk.

Rikva ist so verblüfft über deinen Anblick, dass sie zuerst kein Wort herausbringt. Sie berührt dein Haar, berührt ihr eigenes und ihre Augen füllen sich mit Tränen.

Endlich kann sie sprechen. „Ich habe noch nie jemanden mit rotem Haar gesehen, außer einem Onkel, der starb, als ich noch klein war. Mein ganzes Leben hatte ich immer das Gefühl, ich sei anders als die anderen."

Du erzählst ihr die Geschichte von Red Olsen, und sie ist außer sich vor Freude, als ihr feststellt, dass du wahrscheinlich entfernt mit ihr verwandt bist.

Plötzlich beginnt ein Funkgerät in der Nähe des Lagerfeuers zu knacken und eine kratzige Stimme spricht. Du kannst es kaum verstehen, aber Nitnuk erklärt, die Stimme habe gesagt, dass die Karibus Invit erreicht haben und dass er für die Jagd gebraucht werde.

Rikva wendet sich zu dir. „Könntest du eine Zeit lang bleiben?", fragt sie. „Ich würde dich gern besser kennenlernen."

Du möchtest zwar bleiben, aber du möchtest auch den Urgroßvater von Nitnuk kennenlernen.

**Wenn du bei Rikva bleibst,**
**lies weiter auf Seite** **62**

**Wenn du Rikva um Verständnis bittest**
**und mit Nitnuk weiterziehst,**
**lies weiter auf Seite** **60**

84

„Ich denke, ich riskiere es lieber nicht", sagst du zu Chuck Bates und marschierst aus dem Red Horse.
Als du in Domali herumwanderst und dir überlegst, was du jetzt machen sollst, spricht dich ein Inuitmädchen an.
„Was hat dich hierhergebracht? Wir liegen nicht gerade an der Hauptstraße." Sie lächelt.
Sie sagt dir, dass sie Ooti heißt. Du erzählst ihr deine Geschichte und auch, dass Nitnuk gesagt habe, es sei unmöglich, in dieser Jahreszeit nach Skaglemere zu gelangen.
„Nitnuk verbringt den Sommer immer in Invit, weit weg von der Küste", sagt sie. „Vielleicht gibt es Möglichkeiten, das Eis zu überqueren, von denen er nichts weiß. Ich habe einen Freund, Kobal, der Fremde führt und der dich vielleicht zu der Insel bringen kann. Würdest du ihn gern kennenlernen?"

**Wenn du Kobal kennenlernen möchtest,**
**lies weiter auf Seite** **58**

**Wenn du beschließt,**
**in Domali zu warten,**
**bis ein anderes Flugtaxi kommt,**
**lies weiter auf Seite** **63**

Als deine Verwandten aus Europa zurückkehren, veranstaltet ihr ein großes Familienfest. Auch Kousinen und Vettern zweiten und dritten Grades sind dabei. Es ist für alle ein bewegendes Ereignis. Im Verlauf des Festes lenkt Rikva irgendwann deine Aufmerksamkeit auf sich, sieht sich um und lächelt. Mindestens zehn andere im Zimmer haben leuchtend rotes Haar. Sie fühlt sich nicht mehr als Außenseiterin.

Du hast vor, deine Suche nach der Wahrheit über Red Olsen fortzusetzen. Aber im Augenblick möchtest du deine Familie genießen.

**ENDE**

Einige Tage später sagst du Ooti, dass du dir Gedanken wegen deiner Rückkehr nach Hause machst. Sie lächelt und sagt: „Hier in der Arktis bestimmt der Rhythmus der Natur das Leben. Wir passen uns an und das gibt uns Frieden. Mach dir keine Sorgen, wenn die richtige Zeit gekommen ist, wirst du gehen."

Eine Woche später klart das Wetter auf und ein zuverlässiger Pilot trifft in der Stadt ein. Du sagst ihm, wie sehr du an Skaglemere interessiert bist, aber er erklärt dir, dass es zu riskant sei, auf der Insel zu landen.

Am Ende akzeptierst du, dass du nicht herausfinden wirst, was sich unter dem Steinhaufen auf Skaglemere verbirgt – aber es gibt immer ein nächstes Jahr!

**ENDE**

Endlich kehren die Bewohner von Invit zurück nach Domali. Der Kanal ist zugefroren und ihr seid bereit, euch auf den Weg nach Skaglemere zu machen. Die Frauen aus Invit fertigen dir einen Anorak aus Seehundsfell und dicke Stiefel. Du hast noch nie so weiche und warme Kleider gehabt und freust dich über sie, weil es schon recht kalt ist. Wenn man nach draußen geht, tut das Gesicht weh und es zieht in den Zähnen. Die Nächte sind jetzt lang. Aber die Sterne strahlen, der Mond scheint hell auf den Schnee und man kann gut genug sehen, um auch nachts zu reisen.

Kurz bevor ihr Domali verlassen wollt, siehst du auf der Hauptstraße jemanden vor dir, der dir bekannt vorkommt. Selbst in seinem gefütterten Schneeanzug sieht der Mann verdächtig nach Evan Arthur Skagle IV. aus.

Vorsichtig gehst du die Straße hinunter, bis du ein Stück vor ihm bist. Dann wirfst du rasch einen Blick hinter dich. Es ist wirklich Skagle. Er muss dir nach Domali gefolgt sein.

**Wenn du beschließt,
Skagle gegenüberzutreten und
herauszufinden, was er in Domali tut,
lies weiter auf Seite** **79**

**Wenn du die Stadt schnell verlässt,
bevor er dich sieht,
lies weiter auf Seite** **47**

Ihr wendet euch nach Norden und fangt an, die zweihundertfünfzig Schritte abzuzählen, die Iktat erwähnte: eins, zwei, drei, vier … Aber ihr braucht nicht sehr weit zu zählen, denn ihr seht einen schneebedeckten Hügel vor euch. Es muss der Steinhaufen sein! Ihr rennt darauf zu, wischt den Schnee weg und schlagt die Steine los. Darunter findet ihr einen Ashoona-Bären. Und unter ihm liegt ein in Leder gebundenes Tagebuch mit Einträgen in einer Handschrift, die du als die von Red Olsen erkennst.

„Warum ließen mein Urgroßvater und Outvik den Bären hier zurück?", fragst du Nitnuk.

„Outvik dankte den Geistern, dass sie sie zur Insel geführt haben. Mein Volk lässt gern eine Gabe und manchmal eine Botschaft zurück, wenn es sich einem neuen Ort zuwendet." Er dreht den Bären in seinen Händen um. „Sieh mal!"

In die Seite des Bären sind Längen- und Breitengrad dieses Punktes, das Datum und die Initialen von Red Olsen und Outvik eingeritzt.

„Mann!", sagst du. „Das beweist, dass mein Urgroßvater hier war und diese Insel als Erster entdeckt hat. Das Datum liegt drei Tage vor Skagles angeblicher Entdeckung der Insel."

**Lies weiter auf Seite 51**

Der Kanal ist mit einer dicken Eisschicht bedeckt, der Mond scheint hell und ihr kommt Skaglemere rasch näher. Doch das Summen hinter euch hört nicht auf und es beunruhigt Nitnuk.

„Es gibt keinen Grund, warum jemand so weit rausfahren sollte, um zu jagen", sagt er.

„Das hängt davon ab, was er jagt", entgegnest du.

Das Geräusch verfolgt euch weiter, manchmal ist es näher, manchmal weiter weg, aber es ist immer da, selbst als ihr um Skaglemere herumfahrt und Ausschau nach dem Elchlippen-Fjord haltet.

„Da ist er!", ruft Nitnuk nach langem Suchen. „Siehst du, wie die Lippen sich vorwölben?" Er zeigt auf die Klippe über einem zugefrorenen Fjord.

Du lachst, weil für dich die Klippe ebenso wie jeder andere schneebedeckte Hügel aussieht. Aber Nitnuk ist überzeugt, dass es die richtige ist, wenn er auch glaubt, dass es hier zu steil zum Klettern ist, und nach einer anderen Stelle suchen möchte. Du zögerst. Du hast etwas Erfahrung im Bergsteigen und diese Klippe kommt dir gar nicht so schlimm vor.

**Wenn du dich entschließt,
hier hinaufzusteigen,
lies weiter auf Seite 108**

**Wenn du Nitnuks Rat folgst
und dich nach einer anderen Stelle
umsehen möchtest,
lies weiter auf Seite 80**

Die Hunde heulen jämmerlich. Es ist eindeutig, dass sie nicht nach Südosten wollen, aber sie laufen trotzdem weiter. Nach ein paar Stunden nimmt der Wind zu und schließlich beginnt es zu stürmen. Obwohl du glaubst, dass die Luft unmöglich noch mehr abkühlen kann, wird sie kälter. Du verhüllst dein Gesicht und fährst weiter, da beginnt es zu schneien, zuerst nur leicht, dann stärker. Die Hunde laufen noch ein paar mühselige Meilen, dann musst du haltmachen.
Es stürmt immer heftiger und du siehst nichts als Weiß, Weiß über dir, Weiß unter dir, Weiß um dich herum. Die Hunde sind nicht mehr zu erkennen und sogar deine Hände und Füße sind im Schnee verschwunden. Der Schnee dringt unter deine Schutzbrille, klebt an deinen Wimpern und friert deine Augen zu. Aber es gibt ohnehin nichts zu sehen. Du bist mitten in einer weißen Welt.

**Lies weiter auf Seite** **44**

Du verabschiedest dich von den Leuten im Dorf und von Iktat dem Alten. Nitnuk begleitet dich bis nach Domali und kehrt dann in sein Dorf zurück. Du erkundigst dich in Domali und erfährst, dass ein Pilot namens Chuck Bates in der Stadt ist und auf besseres Wetter für seinen Rückflug nach Deaddog wartet. Man sagt dir, dass Chuck sich im Red Horse Saloon aufhält. Obwohl du Bedenken hast, mit einem Piloten zu fliegen, der in Saloons herumhängt, suchst du ihn auf.
Als du Chuck findest, hat er eine Bierflasche in der einen und ein Glas Whisky in der anderen Hand und starrt auf sein Spiegelbild im Spiegel hinter der Theke.
„Sicher kann ich dich nach Skaglemere rüberfliegen", sagt er. „Ich kann dich auch dort absetzen, wenn du entdeckt hast, was du suchst. Aber ich bin nicht billig."
Chuck hat Recht. Er nennt dir einen astronomischen Preis. Aber er ist der einzige Pilot in der Stadt. Du machst dir Sorgen wegen seiner Trinkerei und sagst ihm das.
„Nur eine kleine Stärkung", beruhigt er dich. „Morgen bin ich stocknüchtern."

**Wenn du das Beste hoffst
und bereit bist, am nächsten Tag
nach Skaglemere zu fliegen,
lies weiter auf Seite** **55**

**Wenn du beschließt,
nicht mit Chuck Bates zu fliegen,
lies weiter auf Seite** **84**

Plötzlich hörst du hinter dir ein bösartiges Knurren. Wachhunde hat Granger nicht erwähnt, aber es muss einer sein, und er hört sich so an, als würde er dich gern als Nachtmahl verspeisen.

„Liebes Hundchen", sagst du. „Guter Junge." Aber der Hund ist nicht beeindruckt. Du wünschst, du könntest ihm ein Stück Fleisch anbieten – ein großes Stück.

„Ruhig, Bubba", sagt eine Stimme. Hinter dem Hund taucht ein Wachmann auf. Er leuchtet dir mit seiner Taschenlampe ins Gesicht und richtet sie dann auf den Narwalzahn, auf dem deine Hand noch immer ruht. „Sieht so aus, als hättest du einiges zu erklären", sagt er barsch.

**Lies weiter auf Seite 105**

94

Du marschierst am Fluss entlang, so schnell du kannst. Du hast keine Vorstellung, wie weit es bis zum Lagerplatz ist, du weißt nur, dass der Fußmarsch viel länger als die Kanufahrt dauern wird. Stunden später – inzwischen bist du müde und hungrig – siehst du Beeren am Ufer des Flusses und du machst eine Pause, um dir ein paar zu pflücken. Während du dich nach weiteren umsiehst, kommst du vom Fluss ab.

Plötzlich hörst du in der Nähe ein Rascheln und siehst hinter einem Busch zwei Bärenjunge. Wo ein Junges ist, ist auch die Mutter nicht fern, denkst du. Du ziehst dich langsam und so leise wie möglich zurück, als du auf einmal hinter dir ein gedämpftes Brummen hörst. Es ist die Mutter. Sie steht auf den Hinterbeinen und zeigt ihre langen weißen Fangzähne. Du bist zwischen sie und ihre Jungen geraten, einem der gefährlichsten Plätze in der Wildnis. Du suchst verzweifelt nach einem Ausweg, aber …

Es gibt kein Entrinnen.

**ENDE**

Ihr geht in Richtung Südsüdwest und folgt damit der Route, die Red eingeschlagen hatte. Ihr möchtet gern wissen, warum er und Outvik es nicht zurück nach Domali geschafft haben. Nach einiger Zeit kommt ihr an eine Öffnung zwischen den hohen Klippen, die zu dem vereisten Kanal führt. Du schaust die Klippen hinauf und siehst Einbuchtungen, die Höhlen zu sein scheinen.

„Ich würde gern einen Blick in ein paar der Höhlen dort werfen, bevor wir die Insel verlassen", sagst du zu Nitnuk. Es ist Mittag, und ihr habt noch ein paar Stunden, bis es dunkel wird.

Ihr lasst die Hunde und die Schlitten auf dem Eis zurück und klettert zu den Höhlen hinauf. Die beiden ersten, die ihr betretet, sind leer, von Vogelmist und den Knochen irgendwelcher Tiere abgesehen.

„Nur noch eine", sagst du zu dem stets geduldigen Nitnuk.

„Ich hab's nicht eilig", antwortet er.

Beim Betreten der dritten Höhle schließt du für einen Moment die Augen, um dich an die Dunkelheit zu gewöhnen. Als du sie wieder öffnest, siehst du große weiße Skelette auf dem Boden: die Gebeine von zwei Männern, von denen das eine wesentlich größer ist als das andere. Red Olsen war ein sehr großer Mann.

**Lies weiter auf Seite** **119**

„Na", sagt Skagle, „was haben wir denn hier? Zwei neugierige Eindringlinge und einen Haufen Knochen?"
„Was wir hier haben, ist der Beweis, dass Red Olsen diese Insel als Erster entdeckte und dass Evan Arthur Skagle, Ihr Vorfahr, ihn ermordet hat", erwiderst du.
„Sehr interessant", meint Skagle. „Wenn das wahr ist, was ich bezweifle, aber *wenn* es wahr ist, würde es meine Pläne durchkreuzen. Ich kann nicht dulden, dass du den guten Ruf meines Vorfahren ruinierst und einen Eine-Million-Dollar-Filmvertrag zum Platzen bringst, oder? Gib mir doch einfach deinen ‚Beweis' und vergiss alles, was du hier gesehen hast."
„Nichts zu machen", erwiderst du.
Skagle greift in die Tasche, zieht einen Revolver und zwingt dich, ihm das Tagebuch zu geben. „Ich habe eine großartige Verwendung für dieses kleine Dokument", grinst er. „Wunderbar zum Anzünden meines Feuers."
„Geben Sie es mir zurück!", schreist du.
Nitnuk, der mit dem Bären in der Hand im Hintergrund der Höhle steht, sagt kein Wort.

**Lies weiter auf Seite** **78**

„Was zum …“, setzt Skagle an, als ein riesiger wütender Eisbär aus dem Schatten hervortappt. Er muss aus tiefem Schlaf geweckt worden sein, denkst du, und das passt ihm nicht. Du siehst das Aufblitzen von weißen Fangzähnen und viel Fell. Der Bär versetzt Evan Arthur Skagle IV. einen wuchtigen Schlag mit der Tatze.

„Aiie!“, schreit Skagle und lässt den Ashoona-Bären und das Tagebuch fallen. Der Bär schlägt wieder zu und stößt Skagle aus dem Höhleneingang und die Klippe hinunter. Du hörst noch einen Schrei, dann nichts mehr.

Der Bär tappt an euch vorbei in die Tiefe der Höhle zurück. Es ist alles so schnell gegangen. Du kannst kaum glauben, was du eben gesehen hast, aber Nitnuk verhält sich, als retteten ihm Eisbären jeden Tag das Leben.

„Der Ashoona-Bär bringt jenen Kraft, die ihm mit Achtung begegnen“, sagt er, „aber die Kraft richtet sich gegen die, die das nicht tun.“ Er hebt den geschnitzten Bären vom Boden auf und steckt ihn in seinen Anorak.

**Lies weiter auf Seite 103**

100 Du wanderst eine weite Strecke über das Eis, gefesselt von der bezaubernden Schönheit der Stimme, der du folgst. Erst scheint sie ganz nah zu sein, dann weit weg. Du gehst auf den Rand des Eises zu.

„Komm“, ruft die Stimme. „Hilf mir. Ich brauche dich. Komm zu mir. Komm zu mir. Komm zu mir.“

**Lies weiter auf Seite 110**

Während du wartest, trainierst du oft mit den Hunden. Eines Tages zischt Skagle vorbei – viel zu nahe, wenn man die unendlich vielen Meilen offener Landschaft bedenkt. Er erschreckt dein Gespann und du bist über und über voll Schnee. „Kauf dir ein Schneemobil", ruft er höhnisch.

Wochen vergehen. Das Warten macht euch beide verrückt. Skagle fängt an, die Abende im Red Horse Saloon zu verbringen. Dort prahlt er ständig mit der Schnelligkeit seines Schneemobils. Eines Abends nach viel Alkohol fordert jemand ihn zu einem Rennen heraus.

„Kinderspiel", sagt Skagle und läuft aus dem Saloon, ohne sich Zeit zu nehmen, seine Handschuhe anzuziehen. Er greift nach der metallenen Steuerung seines Schneemobils. Es ist 40 Grad unter null. Seine nackten Hände kleben an dem Metall fest. Als die Rettungsmannschaft von Domali eintrifft, hat er schlimme Erfrierungen an beiden Händen.

**Lies weiter auf Seite 113**

102

Kobal setzt sich auf und lauscht.

„Das ist Sedna, die Göttin des Nördlichen Eismeeres, die du da hörst", erklärt er dir. „Einst war sie ein Mensch. Aber sie wurde von denen, die sie liebte, betrogen und gelangte schließlich ins Meer, wo sie über die Geschöpfe des Wassers herrscht. Manchmal hat sie Sehnsucht nach menschlicher Gesellschaft und ruft, hofft, dass Menschen zu ihr kommen. Ich denke, du bleibst am besten nahe bei mir."

Du stimmst zu und kuschelst dich in deinen Schlafsack, sodass er deine Ohren bedeckt und den traurigen Gesang aussperrt. Bald schläfst du wieder ein.

**Lies weiter auf Seite 61**

Als du, Nitnuk, der Ashoona-Bär und das Tagebuch wohlbehalten wieder in Domali seid, will Nitnuk dir den Ashoona-Bären schenken. Du bist dankbar und du möchtest ihn nicht verletzen, indem du ein Geschenk ablehnst, aber du findest, dass der Bär zu Nitnuks Volk gehört.

„Bewahr ihn hier für mich auf, wo er sicher ist. Ich werde wiederkommen und ihn besuchen und mit dir wieder übers Eis fahren“, sagst du zu Nitnuk. „Und mit dir auch“, fügst du hinzu und tätschelst Io den Kopf.

**Lies weiter auf Seite 81**

Du bist mitten in der Nacht im Museum erwischt worden, die Hand auf einem wertvollen Kunstwerk. Du hast eine Geschichte zu erzählen, aber wird der Wachmann dir glauben? Würdest du dir glauben?

**ENDE**

Du stopfst den Ashoona-Bären und das Tagebuch in deinen Anorak. Du hast es jetzt sehr eilig, beide zurück nach Hause zu bringen und allen zu beweisen, dass in Wirklichkeit Red Olsen die Insel entdeckt hat. Aber als ihr wieder auf dem Eis seid, merkt ihr, dass das Summen erneut angefangen hat. Ein Schneemobil kommt schnell auf euch zu. Auf dem Eis könnt ihr euch nicht verstecken. Wohin ihr euch auch wendet, ihr werdet immer ein Punkt am Horizont sein. Wohin ihr auch geht, eure Spuren werden den Weg weisen.

„Es muss Skagle sein“, vermutest du. „Und ich wette, er ist hinter dem her, was wir gefunden haben.“

„Wir können uns hier draußen nicht vor ihm verstecken“, erwidert Nitnuk, „und wir können ihm auch nicht entkommen. Er ist viel schneller als wir.“

Der Scheinwerfer des Schneemobils leuchtet plötzlich auf und sucht die Eisdecke nach euch ab, bis er euch erfasst hat.

„Wir müssen uns trennen“, sagt Nitnuk. „Er kann uns nicht beide verfolgen. Ich nehme den Ashoona-Bären und das Tagebuch lieber an mich. Du fährst nach Westen, ich nach Süden. Wenn du seinen Motor nicht mehr hörst, fährst du zurück nach Domali; du musst dich dann nach Südosten wenden. Die Hunde finden den Rückweg. Einen Nachteil hat ein Schneemobil: Irgendwann geht ihm der Sprit aus. Aber wir haben noch für mehrere Tage Vorräte. Viel Glück, mein Freund.“

**Lies weiter auf Seite 112**

„Okay, übernimm du die Führung“, sagst du und Io wendet sich sofort nach Westen. Die Hunde bellen fröhlich und rasen los. Du kannst dir nicht vorstellen, warum sie so aufgeregt sind und wohin Io dich führt. Das Gespann läuft stundenlang nach Westen, verlässt schließlich das Eis und kehrt aufs Festland zurück. Du legst eine Pause zum Füttern und Ausruhen ein, aber nach wenigen Stunden wecken sie dich und warten ungeduldig darauf weiterzulaufen. Zwei Tage lang bewegt ihr euch weiter nach Westen, mit nur kurzen Rastpausen, und du machst dir Sorgen, dass die Vorräte zu Ende gehen, zumal ihr euch immer weiter von Domali entfernt und ins Unbekannte vordringt. Aber Io scheint genau zu wissen, was er will, und er ist mit diesem Land viel vertrauter als du.

**Lies weiter auf Seite** **114**

108

„Sieh du dich nach einem leichteren Aufstieg um", sagst du zu Nitnuk. „Ich versuche es inzwischen hier. Wenn es zu schwierig wird, komme ich runter und folge deinen Spuren. Sonst treffen wir uns oben."

Als du zu klettern beginnst, erinnerst du dich daran, wie du bei Bergtouren zu Hause nach Halt für Hände und Zehen gesucht hast. Aber damals trugst du keine gefütterten Stiefel und Fausthandschuhe und auf den Felsen lag kein Schnee. Jetzt kommst du nur mühsam voran und du bedauerst, dass du Nitnuks Rat nicht gefolgt bist. Du beschließt wieder abzusteigen – und siehst, dass es unmöglich ist. Du kannst nur weiterklettern.

**Lies weiter auf Seite 117**

Die Sonne ist beinahe untergegangen, als Ping in einem Motorboot wieder auftaucht. Er fährt ans Ufer und zerrt dich ins Boot. Dann nimmt er Kurs auf die fernen Berge. Es könnte sein, dass er dich an die Küste bringt – irgendwo – und du gibst dir große Mühe, das zu glauben. Aber als ihr etwa die Hälfte des Weges zu den Bergen hinter euch habt, drosselt Ping den Motor.

„Es ist so weit", sagt er und lächelt, als er dich ins Wasser stößt.

„Ich werde ertrinken!", schreist du. „Das können Sie nicht machen!"

**Lies weiter auf Seite** 122

**110**

„Halt!“, schreit Kobal dir plötzlich zu. „Es ist Sedna, die Meergöttin, die du hörst. Gehe keinen Schritt weiter!“ Kobal, der aufwachte und feststellte, dass du nicht mehr da warst, ist deiner Spur über das Eis gefolgt.
Du kehrst um und Kobal brüllt wieder etwas. Aber seine Worte gehen im Wind unter. Du bist dreißig Fuß vom Rand des Eises entfernt und nicht in Gefahr. Weshalb also die Aufregung?, fragst du dich. In diesem Augenblick zersplittert das Eis vor dir. Ein riesiges Walross mit langen weißen Stoßzähnen taucht auf.
„Kobal!“, schreist du, aber es ist zu spät. Das Walross ist sehr groß und sehr stark – und es zieht dich tief hinunter in das kalte schwarze Wasser unter dem Eis.

**ENDE**

Du fährst den ganzen Tag. Vielleicht spürt Io, wie eilig du es hast, denn er führt das Gespann schneller und härter als sonst. In regelmäßigen Abständen hältst du die Hunde an und lauschst nach dem Schneemobil. Das Geräusch wird schwächer, aber du kannst es noch stundenlang hören. Du machst dir Sorgen um Nitnuk, obwohl du weißt, dass er da draußen in seinem Element ist, und bei ihm ist die Kraft des Ashoona-Bären.

Endlich, als du haltmachst, um die Hunde zu füttern, wird dir bewusst, dass du das Summen des Schneemobils nicht mehr hörst, das mit seinen Abgasen die klare arktische Luft verschmutzt. Du und die Hunde schlaft ein paar Stunden und ihr wacht erfrischt und bereit zur Weiterfahrt auf. Aber als du die Hunde angeschirrt hast und sie nach Südosten lenken willst, zerrt Io in die entgegengesetzte Richtung und macht dir klar, dass das die Richtung ist, die er einschlagen möchte.

**Wenn du die Hunde weiter nach Südosten laufen lässt, lies weiter auf Seite 91**

**Wenn du noch weißt, was Nitnuk über Io gesagt hat, und Io die Führung überlässt, lies weiter auf Seite 107**

Das ist das Ende von Skagles Abenteuer in der Arktis. Er geht dahin zurück, von wo er gekommen ist, wo das auch sein mag. Doch jetzt ist tiefster, dunkelster Winter – auch für dich ist es zu kalt um nach Skaglemere zu gehen. Du wirst bis zum Frühjahr warten müssen. Aber es ist 24 Stunden am Tag dunkel und die Temperatur beträgt 50 Grad unter null. Wirst du das aushalten?

**ENDE**

Endlich siehst du in der Ferne Anzeichen von einer Stadt: Lichter und dann ein paar Gebäude am Horizont. Io bellt, die Hunde jaulen und in einem letzten Endspurt rennen sie in die Stadt. Fahnen werden geschwenkt, die Straße ist voll jubelnder Menschen, Videokameras und Blitzlichter. Io rast direkt auf ein Podium mitten in der Stadt zu, bleibt stehen und wedelt mit dem Schwanz.

„Herzlichen Glückwunsch", sagt jemand. „Ihr habt gerade das Transarktische Hunderennen gewonnen, das in diesem Jahr von Husky Munchies gefördert wird, dem Futter, das den Hunden so gut schmeckt. Du bist der Gewinner von einhunderttausend Dollar in bar und das Bild deines Leithundes wird auf jeder Husky-Munchies-Dose erscheinen."

Du kannst es nicht erwarten, Nitnuk davon zu erzählen. Du lachst und erklärst, dass du den Preis nicht annehmen kannst, da das Gespann für das Rennen nicht gemeldet war. Dann schaust du auf Io, der stolz vor dir steht. „Aber vergessen Sie uns nicht", sagst du. „Vielleicht sind wir im nächsten Jahr dabei."

**ENDE**

MUNCH

Der Himmel wird sehr klar; Tausende von Sternen und ein leuchtender Mond sind zu sehen. Dann beginnen die Lichter zu flackern. Streifen von leuchtendem Grün, schimmerndem Purpur und elektrischem Blau zucken über den Himmel.

Was du siehst, ist das Nordlicht, und es ist das großartigste Schauspiel, das du je erlebt hast. Als es vorbei ist und die Farben schwächer werden, machst du dich wieder auf den Weg, aber die Schönheit dieses Anblicks wird dir immer in Erinnerung bleiben.

**Lies weiter auf Seite** **16**

Du weißt es natürlich nicht, aber du näherst dich dem Nest eines Gerfalken. Als du knapp unter dem Gipfel mit der Hand nach einem Halt suchst, erhebt sich das Weibchen kreischend aus dem Nest und stürzt sich auf dich.

Du versuchst es abzuwehren – und verlierst den Halt!

Du stürzt auf die schneebedeckten Felsen tief unter dir zu und siehst in Gedanken das grinsende Gesicht von Evan Arthur Skagle IV. vor dir. Du hoffst, dass Nitnuk mehr Glück hat als du.

Hoch über dir kreischt der Gerfalke ein einziges Mal – es ist das letzte Geräusch, das du hörst.

ENDE

„Ich wette, das ist alles, was von Red und Outvik übrig geblieben ist“, sagst du und gehst näher heran um die Skelette zu untersuchen. Deine Vermutung wird zur Gewissheit, als du ein paar rote Haarsträhnen findest, die in der kalten arktischen Luft erhalten blieben.

Du fragst dich, woran die beiden Männer an dieser geschützten Stelle gestorben sind, als du siehst, dass etwas zwischen den Rippen des größeren Skeletts hervorragt. Du drehst das Skelett um und ziehst – ein Messer heraus! Red wurde ermordet, und zwar auf die hinterhältigste Weise: Er wurde von hinten erstochen. Du untersuchst das andere Skelett und findest auch in seinem Rücken ein Messer. Wahrscheinlich wurden die beiden Männer im Schlaf erstochen.

Nitnuk sieht sich den Boden der Höhle an und hebt etwas auf. „Eisbärdung“, sagt er.

Plötzlich fällt ein Schatten über den Eingang der Höhle. Du drehst dich um und siehst die Umrisse eines kräftigen Mannes in dicker Schneekleidung.

Es ist Evan Arthur Skagle IV.

**Lies weiter auf Seite 97**

120 Langsam vergeht die Zeit. Du denkst allmählich daran, die Suche nach der Geschichte von Red Olsen aufzugeben und einfach nach Hause zurückzukehren. Aber eines Sommerabends nach der Jagd sagt Nitnuk dir, dass Iktat der Alte mit dir sprechen möchte. Darauf hast du über drei Wochen gewartet.

**Lies weiter auf Seite** **52**

Du achtest die Sitten und Gebräuche der Inuit, aber du kannst Rikva nicht einfach sterben lassen. Du willst ihr das sagen, aber du siehst, dass sie eingeschlafen ist. Du ruhst dich neben ihr auch ein wenig aus, aber nicht lange. Als du wieder bei Kräften bist, setzt du den langen Weg nach Domali fort.

Du bist fast zu erschöpft, um noch weitergehen zu können, da erreichst du endlich die Stadt. Rikva lächelt mühsam und hält deine Hand, als sie ins Krankenhaus gebracht wird. Sie hat noch einen langen Weg vor sich, aber du weißt, dass du für sie getan hast, was du konntest. Es sieht so aus, als ob sie es doch noch schaffen würde.

ENDE

Während du dich bemühst, nicht unterzugehen, greift Ping nach deinen Händen und durchschneidet den Strick, mit dem sie gefesselt waren.

„Viel Glück", flüstert er und lässt den Motor wieder an.

Du kannst jetzt wenigstens deine Arme benutzen, aber du bist kein sehr guter Schwimmer. Es wird bald dunkel sein, das Wasser ist eiskalt und es ist noch weit bis zur Küste. Du schwimmst los.

**ENDE**

Ravensburger Bücher

# 1000 GEFAHREN
DU ENTSCHEIDEST SELBST!

## Verfluchte Juwelen

ISBN 978-3-473-**52341**-2

## Tödliche Tiefen

ISBN 978-3-473-**52345**-0

RTB_07_034

www.ravensburger.de

Ravensburger